Paul Shipton, aufgewachsen in Manchester, hat mehrere Jahre als Englischlehrer und Lektor für Schulbücher gearbeitet. Heute lebt er in den USA.

Über »Die Wanze« schreibt Paul Shipton: »Es gab da die Idee, mal eine Geschichte über Tiere zu schreiben, die aber nicht knuddelig und süß sein sollten. Als ich anfing, über eine Geschichte nachzudenken, war da zuerst der Name: Wanze Muldoon. Ich habe schon immer gerne die knallharten, die ›schwarzen‹ Detektivgeschichten von Autoren wie Raymond Chandler gelesen, und als ich an Muldoon dachte, musste ich an diese Art Detektive denken. Und nun musste ich nur noch die beiden zusammenbringen.«

In der Fischer Schatzinsel ist auch der neue Fall von ›Wanze Muldoon‹ erschienen: ›Heiße Spur in Dixies Bar‹ (80364).

Axel Scheffler, geboren 1957, lebt als freischaffender Illustrator in London. Er hat bereits viele Kinder- und Bilderbücher illustriert.

Unsere Adresse im Internet: www.fischerschatzinsel.de

Die Wanze. Wanze Muldoon, so lautet der Name des Käfers, der in einem Garten sein Dasein als Privatdetektiv fristet. Was Scharfsinn und Coolness betrifft, steht er berühmten Kollegen wie Philip Marlowe oder Dick Tracy in nichts nach. Er nimmt aus Geldgründen einen eher uninteressanten Fall an: Ein Ohrenkneifer ist verschwunden. Bei seinen Nachforschungen stößt er auf allerhand Ungereimtheiten, die ihn auch noch beschäftigen, als der Fall, zumindest für den Auftraggeber, geklärt ist. Wanze Muldoons Instinkt sagt ihm jedoch, dass hinter all dem mehr steckt. Völlig versunken in seine Grübeleien, sieht er sich plötzlich von einer Ameisentruppe umstellt, die ihn dazu auffordert, ihr zu folgen. Im Ameisennest erfährt Wanze Muldoon Ungeheuerliches: Die Geschlossenheit des Ameisenstaates wird von einer Gruppe abtrünniger Ameisen bedroht, die das Recht auf Individualität einklagt. Wanze Muldoon erhält den Auftrag, den ›Individualisten-Club‹ ausfindig zu machen. Sehr schnell muss er jedoch erfahren, dass der Auftrag nicht ganz ungefährlich ist – denn er sieht sich nicht nur von den streng in Reih und Glied kämpfenden Ameisen kritisch beäugt, sondern auch von Wespengeschwadern verfolgt.

Paul Shipton

Die Wanze

Ein Insektenkrimi

Aus dem Englischen
von Andreas Steinhöfel

Mit Bildern
von Axel Scheffler

Fischer Taschenbuch Verlag

Fischer Schatzinsel

Herausgegeben von Eva Kutter

Limitierte Sonderausgabe
Veröffentlicht im Fischer Taschenbuch Verlag,
einem Unternehmen der S. Fischer Verlag GmbH,
Frankfurt am Main, Oktober 2004

Die englische Originalausgabe erschien 1995
unter dem Titel ›Bug Muldoon‹
bei Oxford University Press
Für die deutsche Ausgabe:

Gesamtherstellung: Clausen & Bosse, Leck
Printed in Germany
ISBN 3-596-50878-9

Nach den Regeln der neuen Rechtschreibung

Die Wanze

Kapitel 1

Die Sonne verzog sich angewidert hinter dem Horizont. Ich wusste genau, wie sie sich fühlte. Hinter mir lag ein langer Tag und er war noch nicht vorüber. Ich hatte das Gefühl, den ganzen Garten zehnmal hintereinander abgegrast zu haben. Meine Beine schmerzten – alle sechs – und langsam hatte ich diesen Fall gründlich satt. Ich wollte mich nur noch unter den nächstbesten Stein verkriechen. Aber es gibt gewisse Dinge, die ein Insekt eben tun muss – besonders dann, wenn es dafür bezahlt wird.

Ich heiße Muldoon, Wanze Muldoon. Ich bin Schnüffler – Privatdetektiv, wenn ihr es genau wissen wollt. Nicht nur der beste Schnüffler im gesamten Garten, sondern auch der billigste. Jedenfalls der einzige Schnüffler im Garten, den man anheuern kann. Genauer gesagt, der Einzige, der noch lebt.
Ich bearbeitete den Fall eines vermissten Insekts. Was nichts Besonderes war, aber wer in meiner Branche arbeitet, kann nicht immer wählerisch sein. Jemand muss schließlich die Miete zusammenkratzen.
Heute Morgen hatte ich noch in meinem Büro gesessen und überlegt, was ich tun könnte. Ich hatte gerade eine größere Sache außerhalb des Gartens hinter mich gebracht, doch jetzt war ich zurück und hielt Ausschau nach einem neuen Job. Auch ein Käfer braucht Futter, nicht wahr? Das Geschäft lief so schlecht, dass ich sogar ernsthaft darüber nachzudenken begann, einen kleinen Frühjahrsputz zu starten. Eine Stunde später, als ich noch immer darüber nachdachte, sah ich ein paar mögliche Kunden – drei Ohrwürmer, die sich durch die Blumenbeete kämpften. Das machte mich neugierig. Ohrwürmer bekommt man an diesem Ende der Welt so gut wie

nie zu sehen. Sie halten sich lieber im exklusiveren Viertel des Gartens auf, beim Haus, in der Nähe der Mülltonnen.

Eine Weile tigerten sie nervös um ein Grasbüschel herum, wo sie sich flüsternd unterhielten. Ich verlegte mich aufs Warten. Als sie endlich genug Mut gefasst hatten, kamen sie auf mein Büro zu, ein freies Fleckchen Erde unter dem Rosenbusch. Ihre schmalen braunen Körper schlüpften durch das Unkraut, das den Eingang zum Büro bildet. Der größte der drei legte los.

»Mister Muldoon?«, fragte er.

»Wanze. Einfach Wanze.« Es macht mich nervös, wenn Leute mich mit Mister ansprechen. »Was kann ich für euch tun, Jungs?«

Der Große stellte sich als Larry vor. Netter Name, dachte ich. Larry bestritt das Gespräch allein. Die beiden anderen nickten nur ab und zu bestätigend.

»Es geht um unseren Bruder Eddie«, sagte Larry. »Er ist … verloren gegangen.« Die beiden anderen nickten eifrig.

Darüber hätten sie sich nicht die Köpfe zerbrechen müssen – das klang ganz nach einer der Geschichten, die ich schon tausendmal gehört hatte. Ein vermisster Krabbler ist im Garten nun wirklich nicht die große Sache. Dennoch, die drei Ohrwürmer sahen aus, als erwarteten sie ein paar intelligente Fragen von mir. Und der Kunde ist König.

»Wann ist er verschwunden?«, fragte ich. Ich konnte genauso gut damit wie mit sonst was anfangen.

Larrys Fühler wackelten aufgeregt, während er sprach. Er gehörte eindeutig zu den Typen von der etwas nervöseren Sorte.

»Das letzte Mal sahen wir ihn vergangene Nacht ...«

»Und hat er etwas gesagt – etwas in der Richtung, dass er irgendwohin gehen wollte?«

Larry zögerte. Einer der beiden anderen nutzte die Gelegenheit und sprang ein.

»Er hat gesagt, er würde zur Wiese gehen!«, platzte er heraus.

Larry schüttelte den Kopf. »Eddie hat ständig davon geredet, dass er eines Tages zur Wiese gehen will. Aber es war nicht mehr als das – Gerede. Es hatte nichts zu bedeuten ... Eddie hat immer nur geredet, aber nie etwas unternommen.«

Ich nickte, auch wenn ich es besser wusste.

Wie viele unschuldige, junge Insekten hatte ich getroffen, die von einem besseren Leben jenseits des Gartens träumten – auf der Wiese am gegenüberliegenden Ufer des Großen Flusses? Sie glaubten, das Leben sei dort leichter. Sie glaubten, dort könnten sie ihre Tage ohne die ständige Angst verbringen, von einer Spinne, einem Vogel oder einfach vom nächstbesten Krabbler gefressen zu werden. Also, ich mag Märchen wirklich genauso gern wie jeder andere Käfer, aber eines wusste ich ganz sicher: Das Leben auf der Wiese war genauso hart wie in diesem Höllenpfuhl von Garten, den wir unser Zuhause nannten. Falls Eddie wirklich zur Wiese aufgebrochen war, gab es keine Garantie dafür, dass er es bis dorthin geschafft hatte. Allerdings war das kein Grund für mich, Kunden wieder wegzuschicken.

»Gut möglich, dass er in Richtung Wiese losgezogen ist. Könnte auch sein, dass er unterwegs aufgehalten wurde. Sollte das der Fall sein, kann ich ihn vielleicht finden«, sagte ich.

Ich versicherte ihnen, dass ich nach Eddie suchen oder zumindest versuchen würde, irgendwo ein paar Informationen über seinen Verbleib aufzutreiben. Ich nannte ihnen mein Tageshonorar – plus der üblichen Zulagen –, und das schien sie nicht weiter zu beeindrucken.

Bevor sie gingen, beugte Larry sich zu mir vor. »Da wäre noch eine Sache, Mister – äh, eine Sache noch, Wanze«, sagte er. Er sprach so leise, dass seine Brüder ihn nicht hören konnten.
»Eddie gibt sich mit ein paar ziemlich üblen Typen ab. Einige seiner Freunde sind Wespen. Dabei ist er im Grunde seines Herzens ein netter Kerl …«
»Ich werde tun, was ich kann, Larry«, sagte ich. »Wo erreiche ich euch, falls ich etwas herausfinde?«
Larry sah mir direkt in die Augen. »Wir haben da ein kleines Plätzchen bei den Mülltonnen. Dort halten wir uns auf.«
Und damit verschwanden sie im Gras, schossen davon wie drei bernsteinfarbene Torpedos.

Kapitel 2

Und so war ich den ganzen Tag durch den Garten gerödelt, um dahinter zu kommen, was aus Eddie dem Ohrwurm geworden war.
Zunächst fragte ich mich in der Nähe der Terrasse durch. Niemand, mit dem ich sprach, konnte mir brauchbare Anhaltspunkte geben. Ich stolperte über ein paar junge Ohrwürmer, die mir erzählten, Eddie hätte sich für eine ziemlich coole Nummer gehalten – hätte ständig herumgetönt, dass er den Garten irgendwann verlassen würde.
In der Nähe der Mülltonnen unterhielt ich mich

mit einer dünnbeinigen Schnake. Sie erzählte mir, Eddie der Ohrwurm sei ein Krabbler, der Zoff und Ärger förmlich anzog, und dass sie hoffe, er habe gefunden, wonach er suchte. Mehr war nicht aus ihr herauszuholen, aber sie meinte, ich solle es bei Eddies Freunden, den Wespen, probieren.

Ich bedankte mich freundlich und beschloss, diesem Rat nicht zu folgen – wenn man es vermeiden kann, hält man sich hier im Garten von den Wespen besser fern. Es sei denn, man ist scharf darauf, zu Tode gestochen zu werden. Und das bin ich nicht im Geringsten.

Bisher hatte ich noch keine konkreten Hinweise, machte mir aber bereits ein Bild des vermissten Krabblers. Ich nahm an, dass Larry Recht gehabt hatte – Brüderchen Eddie gehörte zu der Sorte Insekten, die es kaum abwarten konnte, aus dem Garten zu verschwinden.

Ich beschloss, die Ostseite des Gartens näher unter die Lupe zu nehmen. Das war die Richtung, in der die Wiese lag. Ich sprach jeden an, der mir über den Weg lief, doch niemand hatte Eddie gesehen. Würmer, Käfer, Fliegen – nichts zu wollen. Langsam hatte ich die Tracheen voll. Jemand *musste* ihn doch gesehen haben!

Ich weitete meine Suche nach Süden aus. Stunde um Stunde trottete ich durch das Gras, über Erde, über Beton und wieder durch das Gras. Während der Tag seinem Ende entgegenkroch, bekam ich langsam den Eindruck, dass etwas Seltsames im Garten vor sich ging. Ich hätte meine Fühler nicht darauf verwettet, aber irgendwie schien mir alles verändert, seit ich von meinem letzten Fall zurückgekehrt war. Da lag diese gewisse Spannung in der Luft – ungefähr so wie bei einem Gewitter, das man langsam aufziehen fühlt. Es roch nach Ärger. Alle Krabbler, mit denen ich sprach, kamen mir nervöser vor als sonst, schienen mehr auf der Hut.

Als ich einem Harlekinkäfer erzählte, dass ich auf der Suche nach einem vermissten Ohrwurm sei, antwortete er: »Na und? Wer wird heutzutage nicht vermisst?« Womit er davonkrabbelte und sich wieder um seinen eigenen Kram kümmerte.

So ging es den ganzen Tag. Nachdem ich mit Dutzenden von Insekten gesprochen hatte, war ich noch immer keinen Schritt weitergekommen. Nicht der leiseste Hinweis darauf, was aus Eddie dem Ohrwurm geworden war. Und dann traf ich Jake …

Er erspähte mich von oben, kam heruntergesummt und landete direkt vor mir auf einem kleinen Streifen Torf. Jake ist eine Stubenfliege. Außerdem ist er zuckerabhängig, seit er irgendwann einmal in einen Behälter voller Würfelzucker gefallen war. Jetzt konnte er nicht genug von dem Zeug kriegen. Und wenn er seinen Stoff nicht bekam, begann er zu zappeln und zu zucken. Weshalb eine Menge Krabbler ihn Zucker-Jake nennen. Ich persönlich halte solche Spitznamen für unhöflich.

»Wie sieht's aus, Zucker?«, fragte ich.

»Ga-ganz gut, W-wanze«, brachte Zucker-Jake heraus. Seine Facettenaugen huschten mal in diese, mal in jene Richtung. Er hatte Mühe, sich auf den Beinen zu halten. Ich schätzte, dass es eine Weile her sein musste, seit er den letzten Zucker gehabt hatte.

»Immer noch scharf auf Süßes?«, fragte ich ihn.

»I-i-immer noch.« Dann fügte er hinzu: »Hab dich lä-länger nicht gesehen, W-wanze.«

»Hatte auswärts zu tun«, antwortete ich. Okay und damit genug geplaudert. Zeit für den geschäftlichen Teil.

»Hey, Jake«, sagte ich. »Ich brauche ein paar Informationen.«

»Ein neuer Fa-fall, Wanze?«
Ich nickte. Ab und zu versorgte Jake mich mit Informationen, im Gegenzug tat ich ihm hin und wieder einen Gefallen. Es war ein Geschäft, von dem wir beide profitierten.
»Ich suche nach einem Ohrwurm namens Eddie. Junges Kerlchen – hat sich mit ein paar schrägen Typen abgegeben und in letzter Zeit überall rumgetönt, er würde zur Wiese abzischen …«
Jake dachte einen Moment nach. »Ich hab gehört, da-da-dass heute Morgen ein O-Ohrwurm beim Kompo-po-posthaufen gesehen wurde, unten bei der, b-b-bei der …«
Er brachte es nicht über sich, es auszusprechen. Wahrscheinlich glaubte er, das Wort allein würde ausreichen, ihm sieben Jahre Pech zu bringen. Ich half ihm auf die Sprünge.
»Bei der Spinne?«
Zucker-Jake nickte nervös.
»Hat er es überlebt?«
Schon als ich die Frage stellte, wusste ich, wie dumm sie war. Die Spinne, die unten beim Komposthaufen lebte, war riesig groß. Wenn man sich in ihre Nähe verirrte, musste man sich über seine Zukunft keine Gedanken mehr machen.

Damit war das Rätsel also gelöst – Eddie hatte der Spinne als kleine Zwischenmahlzeit gedient. Es würde nicht leicht sein, das Larry und den anderen Jungs beizubringen. Doch bevor ich das tat, musste ich wenigstens überprüfen, ob an der Geschichte etwas dran war. Nur um sicher zu sein.

Ich wandte mich ab, um zu gehen. »Danke für die Informationen, Jake«, sagte ich. »Zisch ab und such dir 'nen Bonbon.«

»H-hey, Wanze!«, rief Zucker-Jake mir nach. »Pa-pa-pass auf dich auf!«

»Keine Sorge, Jake. Ich hab nicht vor, als nächster Gang auf dem Menü zu erscheinen.«

Jake schüttelte den Kopf. »Ich meine nicht d-d-die … du weißt schon, wen. Ich meine überhaupt. Es geht irgendwas S-s-seltsames vor im Garten …«

Ich lächelte. »Mir kam es hier bis jetzt vor wie immer – lausig«, gab ich zurück. Obwohl es stimmte – ich hatte die merkwürdige Atmosphäre gespürt. Und wie hatte dieser Harlekinkäfer noch gesagt: Wer wird heutzutage nicht vermisst? Was sollte *das* bedeuten?

Normalerweise war Zucker-Jake ein zuverlässiger Informant. Jetzt sah er sich um, vergewis-

serte sich, dass niemand uns belauschte, und sagte: »Man erzählt sich, dass mit den A-ameisen was nicht stimmt.«
Das war mir neu. In der Regel blieben die Ameisen unter sich. Es weckte mein Interesse.
»Was sollte nicht stimmen?«, fragte ich.
»K-k-keine Ahnung«, sagte Jake. Ich kannte ihn gut genug, um zu wissen, dass er nicht log.
»A-aber es muss eine größere Sache sein.«
Ich dachte einen Moment darüber nach. »Danke für den Tipp, Jake. Pass auf dich auf, okay?«
Und dann war er verschwunden. Ich sah ihm nach, als er davonflog, bis er nicht mehr war als ein schwarzer Punkt über den Grasspitzen.
Ich marschierte in Richtung Süden.

Das Netz war gigantisch. Mit einer Seite war es an einer alten Ölkanne befestigt, mit der anderen an einem Rechen, der gegen den Komposthaufen gelehnt stand. Es besaß eine Art eigener Schönheit – das verblassende Licht der Sonne fing sich in seinen Fäden –, erschien aber nicht mehr ganz so schön, wenn man sich daran erinnerte, wofür es gedacht war. Ich fragte mich, wie viele Insekten in seinen kunstvollen Schlingen bereits den Tod gefunden hatten.

Ich hielt sicheren Abstand. Die Spinne saß bewegungslos am Rand des Netzes. Sie war unglaublich groß. Man hätte sie eher im Regenwald vermutet als hier, am Ende eines kleinen Hintergartens.
Im Zentrum des Netzes hing das, was von Eddie übrig war. Wenigstens vermutete ich, dass es das war, sicher konnte ich nicht sein. Der Körper war gänzlich von Spinnfäden umsponnen und bereits zur Hälfte gefressen worden. Kein schöner Anblick.
Eine leichte Brise kräuselte die Luft. Das Netz erzitterte, doch die Spinne verharrte reglos. Ich hatte das Gefühl, etwas sagen zu müssen.
»Tschüs dann, Eddie«, sagte ich, obwohl niemand hier war, der mich hören konnte. Dann wandte ich mich ab und machte mich auf den langen Weg zu den Mülltonnen.

Es war bereits kurz vor Anbruch der Nacht, als ich auf Larry und seine Brüder traf. Sie erwarteten mich in einem Spalt zwischen den Pflastersteinen. Ich konnte ihnen die Enttäuschung darüber ansehen, dass ich allein kam.
»Gibt's was Neues?«, fragte einer der jüngeren Brüder.

»Klar, Kleiner«, sagte ich. »Ich hab eine Stechmücke getroffen. Die sagt, sie hätte heute Morgen einen Ohrwurm gesehen, am Zaun auf der Ostseite. Wie es aussieht, passte ihre Beschreibung auf Eddie.«
»Was hat er da gemacht? Hat er etwas gesagt?«, mischte sich Brüderchen Nummer zwei ein.
»Na ja, so genau konnte sie sich nicht erinnern – ihr wisst schon, Stechmücken sind nicht gerade die Hellsten, nicht wahr? Irgendwas von wegen seinen Brüdern Lebewohl wünschen, ihnen sagen, dass es ihm gut geht und dass er sich auf sein neues Leben auf der Wiese freut.«
Die beiden kleineren Ohrwürmer wirkten angesichts dieser Nachricht erleichtert. Sie grinsten einander zu. Larry sah weniger überzeugt aus.
»Dann … nehme ich an, dass wir dir einen Tageslohn schulden?«, sagte er argwöhnisch.
Ich schüttelte den Kopf. »Einmaliges Sonderangebot für die Suche nach einem vermissten Krabbler – hundert Prozent Rabatt. Sagen wir, ihr schuldet mir einen Gefallen, okay?«
Larry nickte. Ich ging und ließ die drei mit ihren Mutmaßungen darüber zurück, was Eddie wohl gerade tun mochte. Ich krabbelte davon und betrat den Rasen – es tat gut, wieder Gras um die

Beine zu spüren. Ich kann Pflastersteine nicht ausstehen.

Ich wusste nicht, warum ich Larry und die Jungs angelogen hatte. Es war eine aus dem Moment heraus getroffene Entscheidung gewesen. Vielleicht bin ich unter meinem schwarzen Panzer einfach ein Weichei.

Doch eines wusste ich genau – ich brauchte einen Drink.

Kapitel 3

In Dixies Bar herrschte der übliche Rummel. Der Laden brummte. Insekten und Krabbler aus dem ganzen Garten drängten sich zusammen, im Wunsch vereint, sich hier ein paar nette Stunden zu machen. Die verschiedensten Arten waren vertreten und niemand fiel über den anderen her. Bei Dixie gibt es eine einfache Regel: *Was nicht auf der Speisekarte steht, wird auch nicht gefressen.*

Ich bahnte mir einen Weg durch die Menge. Vor der Bar drückte sich eine Horde junger Kakerlaken herum, die für diesen Abend das Wohnhaus verlassen hatte. Eine Bohrassel versuchte, mit ihrer Panzerung eine gelangweilte Motte zu beeindrucken.

Ich nahm meinen Stammplatz ein und nickte Dixie zu. Er stand lässig am anderen Ende der Bar, nippte an einem Löwenzahnstängel und unterhielt sich mit einer Pferdebremse. Er schenkte mir ein müdes Fühlerwinken, als er mich bemerkte.

Dixie ist ein netter Kerl, aber irgendwie ein bisschen, na ja, ihr versteht schon – ein bisschen schmierig. Vor ein paar Jahren, als er in den Garten kam, eröffnete er die Bar unter ein paar überhängenden Rhabarberblättern. Damals tat ich ihm einen Gefallen, seitdem werde ich von Dixie als Sondergast behandelt.

Ich bestellte meinen Standarddrink bei der Marienkäfer-Serviererin – Nektar mit einem Stück Ligusterblatt – und lehnte mich bequem zurück, um der Show zuzusehen. Ein Weberknecht legte seinen üblichen Tanz aufs Parkett. Die Bienen in der Band summten eine ziemlich wilde Melodie und der Tänzer war ein echter Feger. Seine acht Beine wirbelten so schnell umeinander, dass einem schon vom bloßen Zusehen schwindelig wurde, also ließ ich es bleiben.

Ich war in Dixies Bar gekommen, um zu vergessen, doch die Ereignisse dieses Tages schwirrten mir weiterhin durch den Kopf.

Der Fall hatte sich einfach genug angelassen: Vorwitziger junger Ohrwurm will die große weite Welt sehen; Spinne wartet auf ihr nachmittägliches Appetithäppchen. Ende der Geschichte – noch dazu einer altbekannten Geschichte.

Trotzdem gab es da einiges an der Sache, das mich störte. Etwas stimmte nicht. Es hielt sich am Rande meines Bewusstseins auf wie ein Juckreiz, den man nicht kratzen kann. Warum zum Beispiel war Eddie unten am Komposthaufen gewesen? Laut seinem älteren Bruder Larry hatte er stets nur davon geredet, zur Wiese gehen zu wollen. Doch die Wiese lag in der dem Komposthaufen genau entgegengesetzten Richtung. Was also hatte Eddie am anderen Ende des Gartens zu suchen gehabt? Wohin war er unterwegs gewesen? Warum hatte er das Spinnennetz nicht bemerkt?

Was? Wohin? Warum? Diese Gedanken schossen mir durch den Kopf wie Sommermücken. Eine Menge Fragen und keine Antworten. Und was war mit dem anderen Zeugs – Gerüchte um weitere verschwundene Krabbler, die gespannte Atmosphäre, die über dem Garten hing wie der

Rauch eines Herbstfeuers? Ich wurde das Gefühl nicht los, dass alles mit dem zusammenhing, wovon Jake mir berichtet hatte: Ärger bei den Ameisen.

Ich befahl mir, mich zu entspannen und nicht weiter darüber nachzudenken: Manche Dinge passieren einfach und es bringt nichts, sich darüber den Kopf zu zerbrechen.

Plötzlich schoben sich die Blätter am Eingang auseinander und zwei Ameisensoldaten marschierten in die Bar. Überraschtes Keuchen erfüllte den Raum – Ameisen zählen in Dixies Bar nicht zu den Stammgästen. In Bars halten sie sich für gewöhnlich nicht auf.

»Gentlemen, was für eine Ehre!«, log Dixie den beiden vorbeidackelnden Ameisen vor. Seine Stimme war noch schmieriger als gewöhnlich. Die Ameisen schenkten ihm keine Beachtung. Sie marschierten an der vordersten Sitzreihe vorbei und an der Bar entlang auf die Bühne zu. Ich konnte nicht erkennen, welchen Rang sie hatten. Wer kann das bei Ameisen schon auseinander halten? Sie schoben sich zwischen den übrigen Besuchern hindurch.

Ich bin mir nicht sicher, wann mir bewusst wurde, dass sie sich auf meinen Tisch zubeweg-

ten; jedenfalls blieben sie direkt vor mir stehen. Großartig, dachte ich, das perfekte Ende eines perfekten Tages!
»Wanze Muldoon«, sagte der Erste der beiden mit tonloser Stimme. Es war keine Frage.
Ich nippte langsam an meinem Drink und musterte die beiden kühl. »Wer will das wissen?«
»Sie werden uns begleiten«, sagte der zweite Soldat. Auch seine Stimme war flach und tonlos. Das waren keine Typen, mit denen man Späße machte.
Ich lächelte. »Bleibt locker, Jungs. Ihr tut gerade so, als hättet ihr Ameisen in den Klamotten«, witzelte ich. Keiner der beiden lachte. Das überraschte mich nicht. Ameisen sind nicht unbedingt wegen ihres Sinns für Humor bekannt.
Der ganze Schuppen versuchte angestrengt, unserer Unterhaltung zu lauschen. Die Musik war verstummt, der Weberknecht stand reglos auf der Bühne. Er wirkte verwirrt. Dixie warf ängstliche Blicke in unsere Richtung; Störungen wie diese waren schlecht für sein Geschäft.
»Versuch es noch einmal«, sagte die erste Ameise zu ihrem Kumpel. »Ich glaube, er versteht nicht.«
Die zweite Ameise zirpte noch einmal los. »Sie

werden uns begleiten«, wiederholte sie. »Und zwar SOFORT.«

Ich nickte. Vom Körpergewicht her konnte ich es leicht mit beiden auf einmal aufnehmen, aber ich wusste, dass mir keine Wahl blieb. Ameisen marschieren niemals nur paarweise durch die Gegend. Draußen wartete vermutlich ein ganzes Bataillon, vielleicht noch mehr. Das ist das Problem mit Ameisen – es gibt so viele von ihnen.

Ich leerte mein Glas und folgte ihnen. Als ich an Dixie vorbeiging, zeigte ich auf den Stepptänzer auf der Bühne. »Gute Nummer, Dixie. Halte dir den Hüpfer warm.«

»Klar, Wanze«, sagte Dixie. »Man sieht sich.« In Wirklichkeit dachte er, dass er Wanze Muldoon nie wieder sehen würde. Na ja, wenigstens klang er so, als ob ihm das aufrichtig Leid tue.

Wir traten hinaus in die kühle Nachtluft. Der Mond stand hoch oben am Himmel – selbstzufrieden und kalt wirkte er, als ginge ihn das, was hier unten geschah, nichts an. Manchmal sehe ich zum Mond hinauf und frage mich, was er wohl von uns, die wir hier unten durch Schlamm und Dreck kriechen, halten mag.

Ich hatte Recht gehabt – ein kleiner Trupp Ameisen in Kampfformation wartete unter den Rha-

barberblättern, die den Eingang zu Dixies Bar bildeten. Ich schätzte ihre Anzahl auf etwa vierzig. Die erste der beiden Ameisen, denen ich nach draußen gefolgt war, drehte sich zu mir um. »Wir haben nur wenig Zeit. Folgen Sie mir.«
Er marschierte durch die Wiese davon. Ich folgte ihm und hatte meinerseits das ganze Bataillon im Gefolge. Was auch immer hier los war, umgeben von so vielen Ameisen bestand zur Flucht keine Möglichkeit.
»Hey, Alter!«, rief ich der Ameise zu, die den Trupp anführte. »Ihr seid mir zahlenmäßig überlegen.«
Er gab keine Antwort. »Sie kennen meinen Namen«, fuhr ich fort, »aber wie Sie heißen, weiß ich nicht.«
Die Ameise sah stur geradeaus. »Ich bin befehlshabender Kommandant, Dritte Division, Schwadron Beta.«
»Chic«, sagte ich. »Aber wie heißen Sie? Wie werden Sie von Ihren Leuten genannt?«
»X437-TKP«, antwortete die Ameise. Ich hätte es besser wissen müssen – nur den Oberbonzen der Ameisenkolonie wurde die Ehre zuteil, einen richtigen Namen zu besitzen. Alle anderen mussten sich mit Nummern zufrieden geben.

»Cooler Name. Nennen Ihre Kumpel Sie X-4?«
Keine Antwort.
»Für mich sehen Sie eher wie ein ›Frank‹ aus«, sagte ich.
Wieder keine Antwort. Ich gab den Versuch auf, freundlich zu sein.
Wir kamen am Rand des Rasens an. Im Gras fiel das Laufen leichter und wir legten einen Schritt zu. Ich spürte Hunderte von Augen, die mich, hinter Grashalmen versteckt, beobachteten, obwohl ich selbst niemanden sah. Die meisten Krabbler ziehen es vor, sich zu verkrümeln, wenn ein Trupp Ameisen durch die Gegend wandert.
Dazu hatten sie auch allen guten Grund. Niemand legt sich mit den Ameisen an. Sie bilden die größte Streitmacht im Staate des Gartens – sie sind sogar noch mächtiger als die Wespen. Ihr Wort ist Befehl. Was ich gar nicht allzu übel finde. Wenigstens halten die Ameisen auf diese Weise den Frieden in diesem heruntergekommenen Garten einigermaßen aufrecht.
Das Nest der Ameisen befindet sich in der Mitte der Wiese. Niemand weiß etwas Genaues über sie und niemand *will* Genaueres über sie wissen. Ich konnte nicht anders, als an das zu denken, was Zucker-Jake, die Stubenfliege, zu mir gesagt

hatte: »Nimm dich in Acht. Irgendwas stimmt nicht mit den Ameisen.«
Die Ameise, die mir vorausmarschierte – der glänzende Unterhaltungskünstler –, blieb abrupt stehen. Jede einzelne Ameise hinter mir blieb im selben Moment ebenfalls stehen. Ziemlich gruselig, wie sie das alle gleichzeitig taten. Ameisen kommunizieren untereinander, indem sie sich chemische Signale geben. Was bedeutet, dass sie alle zur gleichen Zeit reagieren können. Das ist beinahe so, als könnten sie gegenseitig ihre Gedanken lesen.
Wir standen vor einem der Eingänge ins Nest. Das Loch sah eigentlich ganz harmlos aus, doch ich wusste, dass es in ein Netzwerk von Tunneln führte, in dem man sich für Tage verlaufen konnte. Ich war nicht besonders scharf darauf, das auszuprobieren.
»Ich gehe vor, Sie folgen mir«, sagte X437-TKP. »Jeder Fluchtversuch ist zwecklos.«
Er stapfte auf den Eingang zu, der hinab in die Tiefen des Nestes führte.
»Alles klar, Frank.«
Ich versuchte, locker zu klingen, doch langsam wurde mir ein wenig mulmig zumute …

Kapitel 4

Ich folgte der Ameise, die ich ›Frank‹ genannt hatte, in den Tunnel. Es war eine enge Angelegenheit – ich bin größer als eine Ameise –, und ich spürte, wie die Seiten meines Panzers gegen die Erde an den Wänden rieben. Die übrigen Ameisen hefteten sich mir an die Fersen.

Ich konnte nichts sehen. Wenn wir abbiegen mussten, rief die mir vorausgehende Ameise »Links!«, oder »Rechts!«. Anfangs versuchte ich noch, mir die Reihenfolge der einzelnen Abbiegungen zu behalten, doch es gab so viele von ihnen, dass sich nach einer Weile in meinem

Kopf alles verwischte. Ich wusste, dass wir uns im Hauptgang aufhielten – unzählige kleinere Tunnel, durch die nur eine Ameise passte, zweigten davon ab.
Nach einer Ewigkeit blinden Umherirrens durch die Tunnel kamen wir in einer großen Kammer an. Die Beleuchtung war schwach, doch ich konnte mich umsehen. Nur war ich mir nicht ganz sicher, ob ich das, was ich da sah, auch mochte.
Mehrere Reihen von Ameisen säumten die Wände. Es war eine Streitmacht, bei der man sich vorsehen musste – der Elitetrupp des Nests. Sie sahen Furcht einflößend aus, die Schwadron, die mich in Dixies Bar abgeholt hatte, wirkte gegen sie wie ein Häufchen mickriger Blattläuse. Ein paar andere, wichtig aussehende Ameisen standen herum, doch inmitten des Raums befand sich diejenige, die zu sehen ich hierher gebracht worden war … die Ameisenkönigin.
Ich hatte gerüchteweise von ihr gehört, doch wie jeder, den ich kannte, hatte ich die Königin nie zuvor mit eigenen Augen gesehen. Sie war gigantisch – sieben- oder achtmal größer als eine gewöhnliche Ameise, mit aufgeblähtem Hinterleib, und sie sah nicht besonders beweglich aus.

Was kaum überraschte: Sie war vor Jahren zuletzt draußen gewesen, als sie das Nest, in dem sie geboren worden war, zum Hochzeitsflug verlassen hatte. Nach diesem kurzen Ausflug ins Grüne war sie gelandet und hatte ihre Kolonie gegründet. Seitdem hatte sie sich nicht von der Stelle gerührt, war nur gewachsen und hatte viele kleine Ameisen in die Welt gesetzt. *Jede Menge* kleiner Ameisen.

Meine Eskorte schob mich nach vorn und verkündete: »Wanze Muldoon, Madam.«

Die Königin beäugte mich kühl. »Das also ist der berüchtigte Privatdetektiv Muldoon ... Verraten Sie mir etwas: Sie sind ein Käfer, keine Wanze. Warum werden Sie Wanze genannt?«

»Das ist eine lange Geschichte, meine Gute. Vielleicht sollte ich sie Ihnen ein andermal darlegen ...«

Eine der Ameisen aus der Königlichen Garde schnappte drohend ihre Kieferscheren zusammen – *meine Gute* schien nicht die passende Anrede für eine Königin zu sein.

»Dann lassen Sie mich Ihnen eine andere Frage stellen, Mister Muldoon«, sagte Ihre Majestät. »Was glauben Sie, wie viele Ameisen sich in diesem Bau aufhalten?«

Ich mag solche Spielchen nicht besonders, aber es schien mir eine gute Idee, den Launen der alten Tante nachzugeben. »Acht ... zehntausend?«, versuchte ich.

»Falsch«, erwiderte die Königin. Ihre Stimme sank um eine Oktave. »Wir sind *Eins*, Mister Muldoon. Wie viele einzelne Ameisen Sie hier auch sehen mögen, das Nest ist Eins – ein einziger lebender Organismus. Jede Ameise lebt, um dem Nest zu dienen. Ohne das Nest sind wir nichts. Mit ihm sind wir ein Ganzes.«

Ich zuckte die Achseln. »Na gut, dann habe ich mich eben um zehntausend verschätzt. Worauf wollen Sie hinaus?«

»Ich will darauf hinaus, Mister Muldoon, dass mir zugetragen wurde ...«, sie suchte nach dem passenden Ausdruck, »... nun, dass es hier im Nest zu einer unglücklichen Entwicklung gekommen ist.«

Sie machte eine dramatische Pause. Ich wartete.

»Einige von uns haben es vorgezogen, die Regeln des Nests nicht mehr zu befolgen. Sie sind zu ... *Individualisten* geworden.« Sie stieß das Wort hervor, als bereite allein dessen Erwähnung ihr körperliche Übelkeit.

Meine Miene verzog sich zu einem Grinsen. Ich

hatte nie gehört, dass eine normale Ameise auch nur andeutungsweise über so etwas wie eine eigene Persönlichkeit verfügte. Das gehörte zum Allgemeinwissen – Ameisen arbeiteten ausschließlich für das Wohlergehen der gesamten Kolonie. Die Vorstellung eigener Interessen – die Vorstellung eines *Selbst* – war ihnen fremd. Oder war es gewesen, bis jetzt. Was ich nicht unbedingt für die schlechteste Entwicklung hielt.

»Na und? Was ist daran so schlimm, wenn ein paar Ameisen ab und zu an sich selbst denken?«, sagte ich. »Warum lassen Sie ihnen nicht das Vergnügen? Das Leben ist viel zu kurz, um sich keinen Spaß zu gönnen …«

Ich spürte, wie eine Welle der Abneigung über den Raum hinweglief, ließ mich aber nicht aufhalten. »Was ist falsch daran, einmal sein eigenes Ding durchziehen zu wollen? Sie werden zugeben, dass es in einem Nest unmöglich ist, allein zu sein. Für eine heranwachsende Ameise kann das doch nicht gut sein.«

»Im Nest kann man nicht EINSAM sein«, korrigierte mich die Königin. »Ich befürchte, Mister Muldoon, dass Sie mich nicht richtig verstehen. Ein solches Verhalten stellt eine Bedrohung für die gesamte Basis unserer Existenz dar, und

ES MUSS IM KEIM ERSTICKT WERDEN …«
Ihre Stimme hallte von den Wänden der Kammer wider.
»Okay«, sagte ich. »Aber was hat das Ganze mit mir zu tun?«
»Wir wünschen Ihre Hilfe bei der Identifizierung der Abtrünnigen«, antwortete sie. »Selbstverständlich werden Sie für Ihre Dienste entlohnt werden.«
»Moment mal«, sagte ich. »Verstehe ich das richtig? Sie befehligen die mit Abstand größte Armee des gesamten Gartens – Tausende und Abertausende von Ameisen, die jeden Ihrer Befehle bis aufs i-Tüpfelchen befolgen und die diese ›Abtrünnigen‹ spielend ausfindig machen können … Aber Sie möchten, dass ein abgehalfterter Privatdetektiv das übernimmt?«
»Richtig, Mister Muldoon. Mir steht eine große Streitmacht zur Verfügung. Und dennoch … war es unseren Truppen bisher nicht möglich, die Verbrecher aufzuspüren. Habe ich nicht Recht, Kommandant Krag?«
Sie bedachte einen der neben ihr sitzenden Ameisensoldaten mit einem lodernden Blick.
Ich nahm an, dass es sich bei ihm um den Chef der Inneren Sicherheit oder so etwas handeln

musste. Er schien ein ziemlich hohes Tier zu sein, wenn er einen eigenen Namen hatte. Krag nickte und sah mich düster an.

»Die Zeit ist reif für eine neue Vorgehensweise«, sagte die Königin. »Die Zeit ist reif, einen Freiberufler wie Sie zu beauftragen, Mister Muldoon.«

»Und wenn ich den Fall nicht annehmen möchte?«

Sie wandte sich erneut an den Chef für Innere Sicherheit. »Kommandant Krag?«

»Wenn er nicht kooperieren will«, sagte Krag mit flacher Stimme und ohne mich eines Blickes zu würdigen, »wird zumindest sein Körper einen Zweck erfüllen – als Futter für die Larven.«

»Das wäre bedauernswert«, sagte die Königin. »Nahrung ist leicht zu finden. Fähigkeiten wie die Ihren sind schwerer zu beschaffen.«

Was für eine Wahl, dachte ich – entweder einen Auftrag der Ameisenkönigin anzunehmen oder bei lebendigem Leib gefressen zu werden. Die Entscheidung fiel mir nicht leicht, aber ich gehorchte meinem Instinkt. »Okay«, sagte ich. »Ich übernehme den Fall.«

Außerdem mochte ich die alte Tante irgendwie. Im Garten war sie eine lebende Legende – die große Mutter des Ameisennests. Dass im Garten

seit Jahren Frieden herrschte, war hauptsächlich der Ameisenkönigin und der Art, wie sie das Nest verwaltete, zu verdanken. Abgesehen davon war ich fasziniert. Individualistische Ameisen? So etwas musste man gesehen haben.
»Sehr gut«, sagte die Königin. »Kommandant Krag wird Sie auf den derzeitigen Stand der Ermittlungen bringen. Und, Mister Muldoon? Enttäuschen Sie uns nicht …«
Ich wurde in eine Seitenkammer geführt. Krag folgte mir, ebenso einige andere Soldaten, die alle nicht aussahen, als sei mit ihnen gut Kirschen essen. Sobald wir in der Kammer waren, schob Krag mir sein kleines Gesicht entgegen.
»Ich kann Sie nicht ausstehen, Muldoon!«, schnarrte er.
»Mann«, sagte ich, »soll das heißen, dass die Hochzeit abgesagt wird?«
»Wir müssen davon ausgehen, dass die Königin weiß, was sie tut«, fuhr Krag fort. »Aber ich empfinde es als schwere Beleidigung für unser glorreiches Ameisenheer, dass ein popeliger Käfer unsere Arbeit erledigen soll.«
»Hör mal, Alter, ich hab mich um diesen Job nicht gerade gerissen, okay? Ich hab nur etwas dagegen, gefressen zu werden …«

»Klappe!«, schnappte Krag. »Sie werden alles in Ihrer Macht Stehende tun, um die Individualisten aufzuspüren, damit wir dieses Krebsgeschwür aus dem Nest entfernen können. Sobald Sie über Informationen verfügen – EGAL WELCHE –, werden Sie mich davon unterrichten. Verstanden? Selbst wenn Sie nichts entdecken, werden Sie mich in genau zwei Tagen davon in Kenntnis setzen. Habe ich mich deutlich genug ausgedrückt?«
Er trat noch näher an mich heran, so nah, dass ich ihn riechen konnte. »Es besteht Grund zu der Annahme, dass es sich beim Anführer dieser verdammten Individualisten um eine Ameise mit einer auffälligen Zeichnung handelt – auf ihrem Kopf befindet sich ein weißer Fleck. Finden Sie diese Ameise, dann lassen wir Ihnen vielleicht Ihr Leben … Noch irgendwelche Fragen?«
»Nur eine«, sagte ich. »Haben Sie Samstagabend schon was vor?«

Die Ameise, die ich Frank nannte, brachte mich zurück zur Oberfläche. Während ich ihr folgte, versuchte ich ihr ein paar mehr Informationen zu entlocken.

»Jetzt verrat mir mal, was an ein paar Individualisten im Nest so schlimm sein soll.«
X437-TKP – Frank – blieb stehen. Hätte ich es nicht besser gewusst, ich hätte geschworen, Gefühl in seiner Stimme zu hören.
»Der einzige Zweck des Daseins einer Ameise ist es, dem Nest zu dienen. Jeder von uns ist nur winziger Teil eines größeren Ganzen. Eine Ameise mit Individualität macht nicht mehr Sinn als ein Auge oder ein Bein, dass unter Verzicht auf den Rest des Körpers leben will.«
»Wünschst du dir nie, für dich selbst zu denken?«, fragte ich. »Deine eigenen Entscheidungen zu treffen?«
Die Ameise schüttelte den Kopf. »Sich für etwas zu entscheiden ist unnötig. Es gibt nur eine Entscheidung – Befehle zu befolgen und dem Nest zu dienen.«
Ich muss zugeben, so wie er es verpackte, klang es eigentlich ganz nett: Nicht an sich selbst denken zu müssen, sich in dem Bewusstsein aufgehoben fühlen, dass Tausende von Ameisen im Nest deine Gedanken teilen. Es klang nach *Sicherheit*. Sicherheit war etwas, das ich nicht besonders gut kannte.
Wir waren am Eingang angekommen.

»Die Sache ist nur die – manchmal muss man eigene Entscheidungen treffen, ob man will oder nicht«, sagte ich.
Den Ameisensoldaten interessierten meine Weisheiten nicht. Er hatte sich bereits abgewandt und machte sich zurück auf den Weg nach unten, in die Einzigkeit des Nestes.
»War nett, mit dir zu plaudern, Frankie«, rief ich.

Kapitel 5

Am nächsten Morgen begann ich den Tag auf gänzlich ungewohnte Art: Ich stand früh auf, noch vor den ersten Sonnenstrahlen. Das gefiel mir nicht besonders, aber ich hatte entschieden, diesen Fall zu lösen. (Ich mochte meinen Körper und wollte nicht, dass er aufgefressen wird. Was das angeht, bin ich etwas eigensinnig.)
Bevor ich am Abend zuvor das Ameisennest verlassen hatte, hatte Kommandant Krag mir mitgeteilt, was seine Truppen bisher herausgefunden hatten – dass geheime Treffen der Individualisten nahe des Hauses stattfanden. Er sagte,

es sei seinen Truppen weder gelungen, die Gruppe der Abtrünnigen zu infiltrieren, noch herauszufinden, wo genau sie ihre Treffen abhielt. Das Letzte, was er sagte, war: »Wir werden Sie im Auge behalten, Muldoon. Wir werden Sie beobachten ...«

Jetzt blickte ich mich um, um die Lage zu peilen. Der Garten lag friedlich im Licht der frühen Dämmerung. Ich ließ mich davon nicht irreführen – Äußerlichkeiten können täuschen.

Gerade in den frühen Morgenstunden muss man aufpassen: Die Vögel sind dann ein wenig naschsüchtig und sie mögen zum Frühstück nichts lieber als einen fetten, saftigen Käfer.

Ich beschloss, zunächst nach Zucker-Jake, der Stubenfliege, zu suchen. Vielleicht war er auf ein paar Informationen gestoßen. Da ich keine andere Spur hatte, war es einen Versuch wert. Ich zog los, als die Sonne gerade müde über den Horizont blinzelte.

Als ich mir einen Weg durch das Gestrüpp bahnte, stieß ich auf etwas Seltsames. Es war ein großer Klumpen klebriger, rosafarbener Masse. Ich untersuchte ihn mit meinen Fühlern – Zucker! Der Klumpen war ein Kaugummi, den irgendein nachlässiger Mensch ausgespuckt hatte. Ich machte mir nichts aus Zucker, aber ich schätzte, Zucker-Jake würde für einen kleinen Schuss davon dankbar sein – er könnte seinem Gedächtnis auf die Sprünge helfen –, also hob ich den Kaugummi auf und nahm ihn mit.

Ein paar Minuten später erklang eine eilfertige Stimme von einem Löwenzahnblatt: »Hey, Wanze!«

Ich seufzte. »Was gibt's, Kleiner?«

Billy war eine Raupe. Er war ein nettes Kerlchen, aber für meine Begriffe ein wenig zu enthusiastisch. Besonders zu dieser frühen Stunde.

»Was haste da, Wanze?« Seine Stimme war so laut, dass ich Kopfschmerzen davon bekam.

»Kaugummi«, sagte ich. »Ich mache 'ne Sammlung auf.«

Ich bewegte mich weiter, aber Billy war noch nicht fertig.

»Arbeitest du an einem neuen Fall, Wanze?«, rief er. Sein fetter grüner Körper bebte aufgeregt.

»Klar, Kleiner.«

»Kann ich mitkommen?«, bat er, und all die struppigen Härchen an seinem runden Körper stellten sich auf.

»Tut mir Leid, Billy, aber ich arbeite solo, wie du weißt.«

Es gelang ihm nicht, seine Enttäuschung zu verbergen. »Aber wie soll jemals ein Privatdetektiv aus mir werden, wenn du mir nicht erlaubst, dich zu begleiten? Ich muss doch all die Tricks und Kniffe lernen, Wanze.«

Ich blieb stehen. »Kleiner, ich hab dir das schon tausendmal erklärt. Aus dir wird *nie* ein Detektiv werden. Dir steht etwas Besseres bevor, du wirst nicht dein Leben lang eine Raupe bleiben. Eines Tages wirst du dich in einen Schmetterling verwandeln und dann kannst du aus diesem miesen Dreckloch von Garten abzischen. Verstehst du?«

Billy zog einen Schmollmund. »Ich will aber kein Schmetterling werden. Ich will Privatdetektiv werden, so wie du, Wanze!«

Ich lachte. »Tut mir Leid, Kleiner. Die Natur hat nun mal andere Dinge mit dir vor.«

Ich wollte eben weitergehen, als ein Schatten über mich fiel, gefolgt von einem Luftstoß. Der raue Schrei verriet mir alles. Es war ein Vogel – eine Elster – und sie hatte uns entdeckt!

An dieser Stelle einige Worte über Bombardierkäfer: Wenn sie angegriffen werden, versprühen sie einen Strahl stinkender Chemikalien, der alles und jeden verjagt – Spinnen, andere Krabbler,

selbst Vögel. Niemand macht ungestraft einen Bombardierkäfer an.
Unglücklicherweise bin ich *kein* Bombardierkäfer. Wir steckten in ernsten Schwierigkeiten.
Die Elster landete genau zwischen mir und Billy. Sie stieß ein triumphierendes Krächzen aus, ihre Knopfaugen huschten zwischen uns hin und her. Sie konnte nicht entscheiden, wer von uns beiden appetitlicher aussah.
Billy versteinerte vor Angst. Ich musste etwas tun, also nahm ich dem Piepmatz die Entscheidung ab. Den Kaugummi fest umklammert, stolperte ich nach vorn. Die Elster hackte nach mir. Der tödliche Schnabel traf den Erdboden. Ein paar Zentimeter weiter links und er hätte mich aufgespießt.
Ich änderte die Richtung, bewegte mich im Zickzack zurück. Die Elster stieß einen rauen, irritierten Schrei aus und ließ ihren Schnabel erneut nach unten sausen. Wieder traf sie daneben, doch der Abstand hatte sich verringert. Sie wurde zielsicherer.
Jetzt war ich am Zug. Ich blieb stocksteif stehen und hob den Kaugummi hoch über meinen Panzer. Die Elster bereitete den Todesstoß vor. Ihr riesenhafter Körper löschte das Sonnenlicht aus.

Sie hackte zu. Im letzten Moment ließ ich den Kaugummi fallen und schmiss mich nach links. Der Schnabel der Elster versank geradewegs in dem klebrigen Klumpen.
Sie riss den Kopf zurück, um einen Schrei auszustoßen, nur war ihr das nicht möglich. Der Schnabel war von der klebrigen Masse fest umschlossen. Der Vogel schüttelte seinen Kopf wild von Seite zu Seite, um den Kaugummi loszuwerden, hatte aber kein Glück: Der rosafarbene Klumpen hielt. Die Elster bedachte mich mit einem Blick frustrierter Wut, dann flog sie in Richtung der Bäume davon.
»Wow!«, keuchte Billy. »Das war obercool!«
»Du lässt dich zu leicht beeindrucken, Kleiner«, sagte ich, aber Billy war bereits dabei, das Erlebnis nachzuspielen: »Nimm das, du Drecksvogel! Friss Gummi! Niemand frisst den Privatdetektiv Wanze Muldoon ... oder seinen Partner Raupen-Billy ...«
Ich schüttelte den Kopf und machte mich auf den Weg.

Eine Stunde später saß ich mit Zucker-Jake zusammen. Die Sonne brannte inzwischen wie ein Backofen, ein kaum nennenswerter Luftzug brachte nur wenig Erleichterung. Einer dieser glühend heißen Tage lag vor uns.

»Ich hatte ein Geschenk für dich«, erklärte ich der Fliege, »ein Stück Kaugummi. Aber ich musste es jemandem geben, der es besser brauchen konnte als du.«

Jake zuckte traurig die Achseln und rieb seine Vorderbeine auf diese eklig fliegentypische Art aneinander. Ich riss mich zusammen, um nicht zu erschauern.

»Ma-ma-macht nichts, Wanze«, sagte er. »Hab auf der Te-Terrasse schon ein Stück Scho-schokolade gefunden.« Es musste stimmen; er zitterte weniger heftig als gewöhnlich. »Wo-wo-rüber wolltest du mit mi-mir sprechen?«

Wir hielten uns unter den Blättern eines Rhododendrons auf. Sie spendeten Schatten, doch das war nicht der Grund, warum wir uns diesen Ort ausgesucht hatten. Hier war ein gutes Versteck: Ich wollte nicht, dass jemand unsere Unterhaltung belauschte. Trotzdem hielt ich die Augen offen.

»Was du gestern gesagt hast – dass bei den Ameisen etwas nicht stimmt … na ja, du hattest Recht.«

Ich ließ die Ereignisse des gestrigen Abends vor

ihm Revue passieren. Was ich ihm erzählte, ließ Jake seinem Spitznamen wirklich gerecht werden. Ich fragte ihn, ob er inzwischen noch mehr herausgefunden hatte. Er schüttelte den Kopf.

»Ni-nicht so richtig«, sagte er. »Aber ich hab ge-ge-gehört, dass jemand herumrennt u-und eine Menge Fragen stellt. Eine Grashüpferin, drüben im Westen. Die ist neu hier, vielleicht w-w-weiß die was.«

»Grashüpferin, hm?«, sagte ich. »Na ja, im Moment würde ich vor niemandem zurückschrecken.«

Kapitel 6

In der Regel habe ich mit Grashüpfern nicht viel zu tun. In meiner Branche macht es sich bezahlt, sich möglichst bedeckt zu halten. Grashüpfer wissen überhaupt nicht, wie man das anstellt.

Sie sind das Nachrichtensystem des Gartens. Sie hören, was rundherum los ist, und das geben sie an jeden weiter – und damit meine ich wirklich *jeden*. Manchmal drehen sie ein bisschen an den Geschichten herum – sie nennen das *die Nachrichten aufpeppen*. Ich nenne es lügen.

Doch Jake hatte gesagt, die neue Grashüpferin im Garten sei anders. Er sagte, sie würde die Dinge so darstellen, wie sie wirklich waren; dass sie wüsste, wann sie den Mund aufreißen konnte und wann sie ihn zu halten hatte. Klang nach keinem der Grashüpfer, die mir bisher begegnet waren. Ich entschied, mir mein eigenes Bild zu machen.

Ich brauchte nicht lange, um die Grashüpferin zu finden. Sie hockte im Schatten des Gartentisches. Sie sagte kein Wort. Ich nahm das als gutes Zeichen. Ihre Augen schätzten mich ein, als ich auf sie zuging.

»Suchen Sie nach etwas Bestimmtem, Freundchen?« Ihre Stimme war rauchig. Es klang, als denke sie, irgendetwas Komisches wäre im Busch. Vielleicht war es das.

»Ich heiße Muldoon«, sagte ich. »Wanze Muldoon. Ich bin Privatdetektiv.«

Sie nickte, wenn auch nicht allzu begeistert. Ihre zarten Fühler schwangen sacht im Wind. »Ich bin Wilma. Was wollen Sie, Wanze Muldoon?«

»Ein Freund sagte mir, Sie könnten mir vielleicht bei der Lösung eines Falls behilflich sein, an dem ich gerade arbeite.«

»Kommt drauf an«, erwiderte sie ruhig.

»Auf was?«

»Auf Ihren Freund und auf den Fall.« Sie war eindeutig eine coole Nummer.

»Der Freund ist eine Stubenfliege namens Zucker-Jake. Sagt Ihnen der Name etwas?«
»Ist mir nicht unbekannt.«
»Bei dem Fall geht es um eine größere Sache – es hat etwas mit den Ameisen zu tun.«
Ihr amüsiert-ruhiger Tonfall veränderte sich, als habe man einen Schalter umgelegt. Sie sprang mit ihren großen Grashüpferbeinen nach vorn.
»Was ist mit den Ameisen?«, fragte sie drängend.
Ich schätzte, dass sie eine gute Story witterte.
Ich lächelte. »War nicht eigentlich ich gekommen, um Ihnen Fragen zu stellen?«
Jetzt starrte Wilma mir direkt ins Gesicht. Das ließ mich kalt. Ihre Stimme hatte sich zu einem eindringlichen Flüstern gesenkt.
»Pass mal auf, Freundchen – vielleicht weiß ich etwas, aber Informationen gibt es von mir nicht geschenkt.«
Diese Grashüpferin gefiel mir. Sie versuchte es auf die harte Tour. So wie ich.
»Was schlagen Sie vor?«, fragte ich.
»Einen Informationsaustausch!«, rief sie. »Sie erzählen mir, was Sie wissen, ich ziehe nach.«
Das machte mich misstrauisch. »Warum sind Sie so an den Ameisen interessiert?«
»Weil ich Reporterin bin. Weil ich im Nachrich-

tengeschäft arbeite. Weil ich eine gute Story riechen kann, Mann! Wir könnten zusammenarbeiten.«

Ich ließ mir das durch den Kopf gehen. Gewöhnlich arbeite ich alleine. Allerdings war an diesem Fall bisher alles ungewöhnlich – warum also nicht auch das? Ganz zu schweigen davon, dass ich bisher ohne Anhaltspunkte da stand. Wenn Wilma mir nicht aus der Patsche half, war ich aufgeschmissen.

»Ich mache Ihnen einen Vorschlag«, sagte ich. »Wir tauschen ein paar Informationen aus und dann sehen wir weiter.«

Wilma fing an. Einige ihrer neuen Informanten hatten berichtet, dass bei den Ameisen merkwürdige Dinge vorgingen. Sie hatten Gerüchte gehört, denen zufolge heute ein geheimes Treffen stattfinden sollte. Wilma sagte, sie warte auf eine Bestätigung dieses Gerüchtes, bevor sie etwas unternahm.

Ich sah ihr in die Augen. »Sie sehen nicht wie eine Grashüpferin aus, die lange auf irgendetwas wartet.«

Wilma lächelte. »Das tue ich auch nur, wenn meine Quellen ... nicht besonders zuverlässig sind.«

»Wer sind Ihre Quellen?«
»Zwei Regenwürmer. Sie heißen Dex und Dax. Treiben sich drüben beim Gemüsebeet herum.«
Jetzt füllte ich die Lücken aus. Ich erzählte ihr alles über meinen Besuch im Ameisennest und über den Auftrag, den ich von der Königin erhalten hatte.
»Individualistische Ameisen?«, keuchte Wilma. »Ich hatte ja keine Ahnung!«
Als ich fertig war, sagte sie: »Wie geht es jetzt weiter?« Sie versuchte immer noch, beherrscht zu klingen, aber ich wusste, dass sie aufgebracht war.
»Ich werde Ihren Freunden Dex und Dax einen kleinen Besuch abstatten«, verkündete ich.
»Moment mal!«, sagte Wilma. »Ich komme mit. Sie werden mich brauchen – ist nicht ganz einfach, sich mit Dex und Dax zu unterhalten. Ich kenne die beiden. Sie sind ein bisschen … komisch.«
Ich lächelte und dachte dabei: Wer ist das nicht? Doch alles, was ich sagte, war: »Nach Ihnen, Lady.«

Beim Gemüsebeet musste Wilma ein paar Mal laut rufen, bevor die Würmer auftauchten.

Erst schob sich eine rosige Schnauze aus dem schwarzen Erdreich. Dann schlängelte sich der Rest des geringelten Körpers an die Oberfläche. Kurz darauf kroch ein zweiter Wurm aus der Erde. Er sah dem Ersten zum Verwechseln ähnlich.

»Also, also …«, begann der erste Wurm.

»… also«, führte der zweite Wurm zu Ende.

»Wenn das nicht …«

»… unsere alte Freundin …«

»… Wilma die Reporterin ist.«

Das war ihre Art, zu sprechen. Sie wechselten einander ab, um einen Satz zwischen sich zu beenden.

»Und …«

»… wer …«

»… ist …«

»… dein Freund?«

»Hmm?«

Wilma sprang mit ihren langen grünen Beinen nach vorne. »Tag Dax, Dex. Das ist Wanze Muldoon – er hilft mir bei einer Story.«

Zwei glatte Gesichter wandten sich mir zu.

»Hal-«

«-lo«, sagten sie.

»Hört mal, Leute«, sagte Wilma ruhig, »erinnert

ihr euch an dieses Treffen, von dem ihr mir erzählt habt? Was genau wisst ihr darüber?«
»Was …«
»… wir wissen?«, fragten die Würmer.
»Was wüssten …«
»… wir *nicht*?«
»Aber das …«
»… wird eine …«
»… Kleinigkeit kosten.«
Wilma blieb ruhig. Keine Ahnung, wie sie das anstellte. Diesen beiden Knallköpfen zuzuhören machte einen selber ganz verrückt.
»Geht in Ordnung«, sagte sie. »Also, was wisst ihr?«
»Es war letzten …«, begann Dex.
»… Dienstag«, sagte Dax.
»Mittwoch!«, verbesserte Dex.
»Dienstag!«
»Mittwoch!«
»Du hast doch keine Ahnung!«
Die beiden Würmer gingen in Kampfstellung.
»Verdammt mehr als du!«
»Sagt wer?«
»Sage ich!«
»Du und wessen Schlägertrupps?«
»Ich brauch keine Schlägertrupps.«

»Ohne mich wärst du schon längst Vogelfutter.«
»Ach, wirklich?«
»Allerdings!«
Ihr Streit wurde immer lauter. Sie beachteten uns gar nicht mehr.
Wilma seufzte tief und wandte sich mir zu. »So läuft das immer. Früher oder später kriegen sie sich regelmäßig in die Wolle.«
Ich zuckte die Achseln. »Warum trennen sie sich nicht?« Die Würmer schrien einander immer noch an.
»Können sie nicht«, sagte Wilma. »Früher waren sie ein und dieselbe Person – ein Wurm –, aber sie wurden von einem Spaten in zwei Teile zerhackt, als der Mann aus dem Haus im Garten arbeitete. Beide Hälften überlebten, und so wurden aus ihnen Dex und Dax. Sie sind ein und dieselbe Person, verstehen Sie?«
»Das ist doch nicht möglich, oder? Ein Wurm hat doch nur einen Kopf.«
Wilma zuckte die Achseln. »Vielleicht ist es nicht möglich, aber versuchen Sie mal, das den beiden zu erklären. Abgesehen davon würden die nicht im Traum daran denken, sich zu trennen, auch wenn sie sich gegenseitig in den Wahnsinn treiben.«

»Klingt nach einer ziemlich kranken Beziehung«, sagte ich.
»Ist es auch. Aber wie würde es Ihnen gefallen, in doppelter Ausführung zu existieren? Wie würden Sie mit sich selbst klarkommen?«
Plötzlich verstummte das Geschrei. Die beiden Würmer sahen einander an, und als sie wieder sprachen, lag in ihren Stimmen der leicht weinerliche Tonfall von zuvor.
»Das …«
»… ist …«
»… dumm …«
»… nicht …«
»… wahr?«
Sie schlängelten und schlierten einander entgegen. Ich sah zur Seite. Endlich wandten sie uns wieder ihre Aufmerksamkeit zu.
»Also, dieses Treffen der Ameisen …«, half Wilma ihnen auf die Sprünge.
Sie erzählten es uns.

Kapitel 7

Am späten Nachmittag machten Wilma und ich uns auf den Weg zum Haus. Ich krabbelte mit gleichmäßigen Schritten; Wilma sprang nebenher. Wir nahmen einen Umweg, um niemandem zu begegnen und Misstrauen zu erwecken, und erreichten ohne Zwischenfall den Rand des Rasens. Dann betraten wir die Terrasse.

Zu unserer Rechten erhoben sich die Abfalltonnen – ich dachte kurz an Larry den Ohrwurm und seine Brüder –, doch wir hielten uns links, wo ein Abflussrohr an der Hauswand herablief, in dessen Nähe das Treffen angeblich stattfinden sollte. Auf halbem Weg stießen wir auf eine Kakerlake, die uns argwöhnisch musterte, uns aber nicht ansprach, als wir sie passierten. Kakerlaken haben diese kleine Eigenart; sie mögen es nicht, wenn andere Krabbler dem Haus zu nahe kommen.

Schließlich kamen wir am Treffpunkt an. Noch war niemand zu sehen. Ich ließ den Blick schweifen – der Ort war gut gewählt. Dieser Teil der Terrasse war durch einen Hortensienbusch vor Einblicken aus dem Garten geschützt. Zudem verliefen zwischen den Pflastersteinen tiefe Spalten – gerade breit genug für eine Ameise, um sich hindurchzuzwängen.

Ich schaute nach Westen. Die Sonne hatte die Nase schon wieder voll und bereitete sich auf den Abstieg vor. Höchste Zeit für uns, ein Versteck zu finden, um das Treffen belauschen zu können.

»Wie wäre es damit?« Wilma zeigte auf das Abflussrohr. Wenn wir dort hineinkrabbelten, würde sich uns ein guter Überblick bieten, doch ich schüttelte den Kopf, nein. Schließlich wollten wir nicht durch eine plötzlich über uns hereinbrechende Regenflut aus dem Rohr gespült werden.

Ich wusste, wohin wir gehen konnten. Wir kletterten an der Backsteinfassade des Hauses empor, bis wir das unterste Fenstersims erreicht hatten. Hier konnten wir uns über den Rand beugen und alles beobachten, was unter uns vorging. Die Ameisen würden uns nie entdecken. Es war der perfekte Aussichtspunkt.

Jetzt mussten wir nur noch warten.

Um uns die Zeit zu verkürzen, erzählte mir Wilma, warum sie in den Garten gekommen war. »In meinem letzten Garten war einfach nichts los. Wenn du als Grashüpfer eine gute Story finden willst, musst du ständig auf Achse sein.«

»Und ist dieser Garten hier anders?«, fragte ich.

Wilma sah mir direkt in die Augen. »Er hat seine Möglichkeiten«, sagte sie.

Dann war es an ihr, mich auszufragen, und die Frage, die sie stellte, war die, die ich früher oder später von jedem zu hören kriege:

»Verraten Sie mir etwas? Warum nennen Sie sich Wanze, obwohl Sie ein Käfer sind?«

Ich zuckte die Achseln. »Ist eine lange Geschichte. Vielleicht erzähle ich sie Ihnen ein andermal ...«

Während wir uns miteinander bekannt machten,

behielt ich die unter uns liegende Terrasse im Auge. Die Sonne sank langsam tiefer.
Als ich gerade dachte, Dex und Dax hätten sich vertan, tauchte die erste Ameise auf. Sie huschte eilig über die Pflastersteine und positionierte sich beim Abflussrohr. Eine weitere Ameise folgte ihr, dann noch eine, alle kamen aus verschiedenen Richtungen. Einige von ihnen krochen aus den Ritzen zwischen den Steinen hervor. Bald waren etwa dreißig von ihnen um das Abflussrohr versammelt, ein unruhig umherkrabbelndes Durcheinander.
Zwei von ihnen stellten sich abseits der anderen auf. Sie waren die Wachtposten. Ihre Blicke suchten die Terrasse ab, aber sie sahen kein einziges Mal am Mauerwerk des Hauses empor.
Die übrigen Ameisen bildeten einen Kreis. Eine von ihnen sprach. Ich beugte mich über den Rand des Simses und lauschte angestrengt.
»Vielleicht sollten wir jetzt anfangen«, sagte die Ameise mit einer Stimme, der die übliche Monotonie, mit der Ameisen zu sprechen pflegen, völlig abging. Diese Stimme war durchdringend und voller Gefühl.
Alle Ameisen begannen einen gemeinsamen Sprechgesang:

»Selbst statt Andere.
Einer statt Viele.
Freiheit statt Regeln.
Spaß statt Pflicht.«

Dann ergriff die Ameise, die das Treffen eröffnet hatte, das Wort. »In Übereinstimmung mit den Regeln des Individualisten-Clubs wird sich uns jetzt jedes Individuum *namentlich* vorstellen, um seine Einzigartigkeit mit uns zu teilen. Und, ähem …« Sie räusperte sich. »Ich werde den Anfang machen. Mein Name ist Leopold und ich werde ein von mir selbst verfasstes Gedicht vortragen.«

Ich tauschte einen Blick mit Wilma. *Ameisen, die Gedichte verfassten? Ameisen, die Leopold hießen?*

Leopold fiel in einen Singsang.

»Hier ist, so weit mein Auge reicht,
Niemand, der mir an Schönheit gleicht.
So lasset mich mein Glück bekunden:
Mich und mein Selbst hab ich gefunden.«

Ich stöhnte auf. Mit Gedichten habe ich nicht viel am Hut, sie sind eher etwas für Bienen. Wil-

mas Blick nach zu urteilen, ließ das Ganze auch sie ziemlich kalt.
Die anderen Ameisen waren allerdings weniger kritisch. Sie murmelten ihre Anerkennung und wedelten zustimmend mit den Fühlern.
Eine weitere Ameise ergriff das Wort. »Mein Name ist Fran und ich möchte einen Jazztanz vorführen, der den Einbruch des Winters darstellt.« Langsam begann sie um ihre eigene Achse zu rotieren und hob dabei immer ein Beinpaar gleichzeitig, während sie ihre Körpersegmente zu einem unhörbaren Rhythmus bewegte.
Und so weiter … Jede Ameise stellte sich mit Namen vor – Nummern gab es hier keine – und führte dann etwas vor, das ihre Einzigartigkeit betonte. Eine von ihnen jonglierte mit Stöckchen, die ihr immer wieder zu Boden fielen. Eine andere sprang einfach nur auf und ab und rief dabei: »Seht mich an! Seht mich an!«
Ich bin ein entschiedener Anhänger von Individualität. Aber das bedeutet nicht, dass ich eine langweilige Talentshow von Amateuren bis zum Ende durchstehen muss. Ich hatte herausgefunden, was ich wissen wollte – wo die Individualisten sich trafen und was sie hier veranstalteten. Ich wollte Wilma gerade andeuten, dass wir

genug gesehen hatten, als etwas mich stocken ließ. Eine weitere Ameise kam über das Pflaster geschossen, um sich dem Treffen anzuschließen. Sie nickte den beiden Wachen zu, die sie erkannten, und gesellte sich zum Rest der Gruppe. Als sie näher kam, bemerkte ich die auffällige weiße Musterung auf ihrem Kopf. Das war die Ameise, nach der Ausschau zu halten Krag mir aufgetragen hatte.

Die Neue mischte sich unter die anderen und rief mit aufgeregter Stimme: »Mal herhören! Ich habe euch etwas Wichtiges mitzuteilen!«

Ganz offensichtlich verstieß sie damit gegen eine der Vereinsregeln, denn sofort hob ein Durcheinander von Unmutsbekundungen an.

»Du kennst die Regeln, Clarissa«, sagte die Ameise, die sich als Leopold vorgestellt hatte. »Bevor wir zu anderen Dingen kommen, musst du zunächst dein neues Selbst mit uns teilen.«

»Aber –«

»Das sind die Regeln.«

»Aber –«

Die anderen blieben hart. »Keine Ausnahmen.«

Ich grinste und flüsterte Wilma zu: »Alte Gewohnheiten sind schwer abzulegen. So viel zu *Freiheit statt Regeln*.«

Unter uns stieß die Ameise mit dem Namen Clarissa einen Seufzer aus. Es war klar, dass sie den anderen nicht mitteilen konnte, was sie zu sagen hatte, solange sie deren Aufforderung nicht nachgekommen war. Sie seufzte noch einmal und sagte dann, sie würde ein Lied singen. Ich stöhnte innerlich auf und rechnete mit dem Schlimmsten. Doch was dann der Kehle dieser winzigen Ameise entströmte, war von solcher Schönheit, dass es mich beinahe zu Tränen rührte. Ihre Stimme war voll und klar und von tiefer Melancholie. Das Lied erzählte von verlorener Liebe und der klagende Refrain wurde von der Luft getragen wie Sommernebel.
Ich hörte noch immer zu, gefangen von dieser goldenen Stimme, als plötzlich die Hölle losbrach. Clarissas Gesang brach unvermittelt ab. Unter den Ameisen kam es zu nervösem Gemurmel.
Ein tiefes, entferntes Brummen wurde lauter und immer lauter.
»Was ist das?«, flüsterte Wilma. »Bienen?«
Ich schüttelte den Kopf. »Wespen.«
Sofort stoben die Ameisen in alle Richtungen auseinander. Einige verschwanden zwischen den Ritzen der Pflastersteine, andere hasteten über

die Terrasse. Die Wespen waren noch außer Sichtweite, doch das Brummen wurde lauter. Wir hatten keine Zeit zu verlieren.

»Schnell!«, rief ich Wilma zu. »Wir müssen ihnen nach. Sie folgen Leopold, ich hänge mich an Clarissa.«

Und damit begannen wir, an der Mauer herabzuklettern.

Kapitel 8

Im Laufschritt kam ich auf festem Boden an und heftete mich Clarissa an die Fersen. Sie stürmte im Zickzack über die Terrasse, ihr Ziel war der Rasen. Von den Wespen war noch nichts zu sehen.

Clarissa bemerkte nicht, dass sie verfolgt wurde. Jeder Krabbler kann einen anderen Krabbler verfolgen – aber sich an jemanden dranzuhängen, ohne von ihm bemerkt zu werden, ist eine Kunst. Glücklicherweise ist es eine Kunst, in der ich selbst Experten noch Unterricht erteilen könnte. Auf der Terrasse hielt ich Abstand, indem ich Blumentöpfe und Gartenwerkzeuge als Deckung benutzte. Sobald sie beim Rasen angekommen war, wurde die Sache leichter: Ich konnte den Sicherheitsabstand wahren und sie trotzdem im Auge behalten. Es war ein Kinderspiel.

Als Clarissa sich der Strauchrabatte näherte, machte ich meinen Zug. Ich legte einen Zahn zu, überholte sie von links und blieb mitten auf dem Pfad stehen.

Ich stand ihr im Weg. Sie würdigte mich keines Blickes. Den Kopf gesenkt, marschierte sie in typischer Ameisenmanier einfach weiter, direkt auf mich zu. Ich rief:

»Schöner Tag …«

Clarissa marschierte weiter.

»… für ein kleines Lied«, endete ich.

Clarissa verlangsamte ihren Schritt, dann blieb sie stehen. Ich packte die Gelegenheit beim Schopf.

»Was macht eine einzelne Ameise so allein hier draußen?«, fragte ich.

»Futtertransport«, antwortete Clarissa. Alle kraftvolle Klarheit war aus ihrer Stimme gewichen. Dies hier war die übliche monotone Sprechweise. Ich war enttäuscht.

»Und wie heißen Sie?«, fragte ich.
Und wieder die leblose Stimme: »Ich bin Arbeiterin Y-SVR 966K.«
Nachdenklich spannte ich meine Flügeldecken an, dann sagte ich: »Klingt nett ... Clarissa passt allerdings viel besser zu Ihnen.«
Das Spiel war aus und sie wusste es. Sie brauchte einige Sekunden, bevor sie sich gefasst hatte, dann sagte sie mit gefühlsbeladener Stimme: »Hören Sie, ich weiß nicht, was Sie von mir wollen, Mister –«
»Wanze.«
»Ich weiß nicht, was Sie von mir wollen, Wanze, aber in manche Dinge sollte man sich besser nicht einmischen.«
Ich schüttelte bedächtig den Kopf. »Tut mir Leid, Clarissa. Aber sich einzumischen ist mein Job. Vielleicht sollten Sie mir einfach erzählen, was es über Ihren kleinen geheimen Verein zu wissen gibt.«
»Den Individualisten-Club?«, fragte sie. »Geht es darum? Haben Sie denn von nichts eine Ahnung? Wissen Sie nicht –«
Sie hielt inne und blickte sich nervös um. Im ersten Moment begriff ich nicht, was los war, doch dann hörte ich es auch. Ein entferntes

Summen, leise noch, aber von zunehmender Lautstärke. Das Summen einer Wespe.

»Ich muss gehen«, stieß Clarissa verängstigt hervor. »Ich muss –«

»Können wir uns später treffen?«, fragte ich. »Es ist wichtig.«

Die Angst trieb Clarissas Stimme eine Note höher, als das Summen der Wespe unbeirrt näher kam.

»Na gut, gut«, sagte sie, wohl eher, um sich endlich davonmachen zu können. »In einer Stunde bei der Statue am Teich …«

Damit bahnte sie sich einen Weg ins Dickicht und verschwand. Und gerade noch rechtzeitig. Sekunden später tauchte die Wespe auf. Bedrohlich hing sie über mir in der Luft. Ihr Stachel sah tödlich aus, und in diesem Fall täuschte der Eindruck nicht. Wespen sind mit Abstand die gemeinsten Krabbler des Gartens. Ich habe Wespen gekannt, die aus purem Spaß an der Freude stechen. Deshalb lautet die simpelste aller Regeln: Lass dich nicht mit den Wespen ein.

»Du da! Irgendwelche Ameisen gesehen?«, fragte mich die Wespe mit barscher, seltsam schleppender Stimme.

»Klar – ich hab eine Menge Ameisen gesehen«,

gab ich zurück. »Aber nicht hier und nicht innerhalb der letzten halben Stunde.«

»Eine Ameise mit weißer Zeichnung auf dem Kopf?«

»Fehlanzeige. Aber wenn ich sie sehen sollte, werden Sie die Erste sein, der ich es erzähle.«

Die Wespe ließ sich herabsinken, ihr Summen wurde lauter. Ich nahm an, dass sie mich einzuschüchtern versuchte. Ich gab mein Bestes, um unbeeindruckt zu wirken, und ich musste meine Sache gut machen, denn die Wespe murmelte: »Schlaues Kerlchen«, und damit flog sie davon, um ihre Suche anderswo aufzunehmen.

Wenn das mal keine interessante Entwicklung ist, dachte ich, als die schwarzgelbe Wespe abschwirrte. *Was haben die Wespen mit dieser Sache zu tun?* Vermutlich würde ich das in einer Stunde herausfinden, wenn ich Clarissa traf.

Ich verbrachte die Stunde damit, mir den Fall durch den Kopf gehen zu lassen. Es war einfach genug gewesen, die abtrünnigen Ameisen zu finden, ihren – wie hatten sie ihn genannt? – Individualisten-Club. Ich hatte bereits genug Informationen gesammelt, um damit zurück zum Nest zu gehen, Krag und der Königin Bericht zu erstatten und mein Honorar einzu-

streichen. Bis Sonnenuntergang könnte ich es gerade noch zu Dixies Bar schaffen.
Trotzdem wurde ich das Gefühl nicht los, dass irgendwas nicht stimmte. Hier ging es um mehr als um den Individualisten-Club. Warum hatte Krag mich auf eine ganz bestimmte Ameise angesetzt? Warum war eine Wespe so scharf darauf gewesen, eben diese Ameise aufzuspüren? Jedermann wusste, dass die Wespen und die Ameisen die größten Streitmächte des Gartens stellten. Sie konnten einander nicht ausstehen, aber seit Jahren bestand zwischen ihnen ein halbwegs stabiler Waffenstillstand. Also, was war hier los?
Die Sache war mir ein Rätsel. Doch eines war sicher: Clarissa, die Ameise mit der goldenen Stimme, kannte einige Antworten.
Ich kam etwas früher am verabredeten Ort an, dem Teich an der Nordwestseite des Gartens. Unmittelbar davor steht eine Statue, das Abbild eines Menschen – ich schätze, der Besitzer des Hauses hat sie aufgestellt, um seinem Zierrasen mehr Klasse zu verleihen.
Vom Standpunkt eines Käfers aus betrachtet, hat man von der Statue aus eine gute Aussicht. Wenn man auf ihren Kopf klettert, kann man den ganzen Garten überblicken.

Heute allerdings lungerte ich um den Fuß des Sockels herum und wartete auf Clarissa. Der Zeitpunkt unserer Verabredung kam und ging. Fünf Minuten verstrichen, zehn, und keine Spur von Clarissa. Ich wurde unruhig. Vielleicht hatte sie nicht wirklich vorgehabt zu kommen? Vielleicht hatte sie mich einfach nur abwimmeln wollen.

Doch dann ertönte hinter mir ein lautes Geräusch. Ich wandte mich um, um Clarissa zu begrüßen, nur war von ihr nichts zu sehen. Ich sah gar nichts. Noch während ich mich umdrehte, erhielt ich einen Schlag auf den Kopf und meine Welt versank in Dunkelheit, so schwarz wie eine mondlose Nacht.

Als ich wieder zu mir kam, fand ich mich nicht in der bequemsten aller Lagen wieder. Zum einen war oben und unten vertauscht, ich lag auf dem Rücken, meine sechs Beine ruderten hilflos in der Luft. Zum anderen trieb ich auf Wasser. Der Teich. Ich war in den Teich geworfen und für tot gehalten worden.

Na gut, dann trieb ich eben hilflos auf dem Rücken liegend über den Teich. Ich hatte Schlimmeres erlebt, es bestand kein Grund zur Sorge.

Doch dann spürte ich die Druckwelle einer Bewegung, als etwas im Wasser unter mir daherschwamm – etwas Großes –, und *jetzt* begann ich, mir Sorgen zu machen.

An dieser Stelle einige Worte über den Gemeinen Schnellschwimmer: Er ist ein unglaublich kräftiger und ausdauernder Schwimmer, eher im Wasser zu Hause als auf trockenem Land.

Unglücklicherweise bin ich *kein* Gemeiner Schnellschwimmer. Ich steckte in ernsten Schwierigkeiten.

Kapitel 9

Normalerweise halte ich mich vom Teich fern – für Wasser habe ich ungefähr so viel übrig wie eine Fliege für Taranteln –, doch selbst ich hatte die Geschichten über den Karpfen gehört. Man munkelte von diesem Fisch, dass er riesig sei und als widerlicher Tyrann über den Teich herrschte. Er fraß kleinere Fische, er fraß Fliegen und Käfer, die auf der Wasseroberfläche landeten … nach allem, was ich wusste, gab es eigentlich nichts, was er nicht fraß.

Ich verdrehte den Kopf und sah hinab in das trübe Wasser. In der tintigen Schwärze war nichts zu sehen. Doch dann füllte etwas die Schwärze aus. Es war der Karpfen! Er schwamm am Grund des Teichs entlang. Sein fetter Körper war golden und weiß gefleckt. Er sah hungrig aus.

Bisher hatte er mich noch nicht bemerkt, doch das war nur eine Frage der Zeit. Ich hatte das Gefühl, als leuchteten Neonbuchstaben auf meinem Panzer: ABENDESSEN – KOMM UND HOL MICH! Es war kein Gefühl, das ich sonderlich mochte. Irgendwann muss jeder von der Bühne abtreten, aber nie hatte ich daran gedacht, einmal als Fischfutter zu enden.

Ich versuchte, mich in Brustlage zu bringen, um wenigstens in Sicherheit schwimmen zu können. Vergeblich. Meine Beine wirbelten lediglich durch dünne Luft.

Ich sah zurück ins Wasser. Wieder war nichts zu sehen. *Wohin war er verschwunden? Vielleicht sah er mich nicht?* Plötzlich kam der Karpfen in mein Blickfeld und er schoss direkt auf mich zu. Seine dummen Fischaugen fixierten mich und sein ledriges Fischmaul war aufgerissen, bereit zum Fressen. Ich würde endgültig die Platte putzen – aus die Maus! Ich hab nie großartig darüber nachgedacht, was nach dem Tod kommen mag, doch als dieser Karpfen mir entgegenjagte, flackerte die Frage in mir auf. Ich wappnete mich für das Ende.

Doch das Ende blieb aus. Ich fühlte, wie sich ein Gewicht von oben auf mich herabsenkte, und plötzlich war der Karpfen ein Stück weiter entfernt. Ich hob den Kopf, um zu sehen, was geschah. Es war Zucker-Jake, die Stubenfliege! Er war auf mir gelandet und jetzt flog er los, als ginge es ums nackte Überleben. Was es ja auch tat. Seine Flügel drehten sirrend durch. Er war nicht stark genug, mich aus dem Wasser zu heben, also schob er mich über die Wasseroberfläche, als wäre ich ein Boot und er selbst der Motor.

Ich blickte zurück ins Wasser des Teichs. Der Karpfen hatte nicht vor, sich um sein Abendessen bringen lassen. Er legte an Geschwindigkeit zu, mit entschlossen rudernder Schwanzflosse. Jetzt war er wieder nahe. Ich hatte einen wunderbaren Ausblick auf seine Gaumenplatten, die gnadenlos gepflegt aussahen.

»Schnell!«, schrie ich Jake zu. »Du musst die Richtung wechseln!«

Jake beschrieb eine haarscharfe Rechtskurve, gefolgt von einem Linksschlenker. Ich hab keine

Ahnung, ob es Zufall oder Können war, doch es war das perfekte Manöver. Er schoss im Zickzack über den Teich hinweg und drehte einen Slalom um ein paar Seerosenblätter. Er machte es genau richtig, und mit Erleichterung sah ich, wie der Karpfen immer weiter zurückfiel, bis seine hässliche Visage endlich in den Tiefen des Wassers verschwand. Es wurde auch höchste Zeit – Jake wurde langsamer. Das Sirren klang müde.

Schließlich schob Jake mich auf den Teichrand zu. Wir klotzten direkt dagegen, und die Wucht des Aufpralls schleuderte mich in die Bauchlage. Ich taumelte über einen der Pflastersteine, die den Teich einrahmen. Es tat gut, wieder auf den Beinen zu stehen, und noch besser, wieder trockenes Land unter den Füßen zu haben.

Ich sah Jake an. Die Stubenfliege keuchte heftig und zitterte wie Espenlaub. Er sah aus, als könne er selbst nicht glauben, was er eben vollbracht hatte. Niemand hätte Zucker-Jake je für einen Helden gehalten, Jake am allerwenigsten von allen.

»Jake, mein Freund«, lächelte ich. »Ich schulde dir einen lebenslangen Vorrat an Rohrzucker.«

Jake schüttelte sich nur und zitterte.

Als ich trocken war, begaben Jake und ich uns auf den Weg zum Gartentisch, bei dem ich Wilma das erste Mal getroffen hatte.
Die Nacht war angebrochen. Die Dunkelheit lag still und schwer, eine Wolkendecke hing tief am Himmel und versperrte die Sicht auf den Mond. Ich hatte nichts dagegen – für einen seiner einäugigen, anklagenden Blicke war ich nicht in Stimmung.
Ich hätte nur gern gewusst, ob Wilma heute Abend mehr Glück gehabt hatte als ich.
Ich hätte mir keine Gedanken machen müssen. Als wir ankamen, dachte ich zunächst, sie sei allein. Sie sah mich ruhig an und sagte: »Ich hatte mich schon gefragt, was aus Ihnen geworden ist. Ich dachte, Sie hielten vielleicht ein kleines Nickerchen.«
Ich lächelte und dachte: *Irgendwie ist doch jeder ein kleiner Pausenclown.*
»Wer ist Ihr Freund?«, fragte Wilma.
»Das ist Jake – die Fliege, von der ich Ihnen erzählt habe. Er hat mich gerade davor gerettet, als Fischfutter zu enden.«
Jake grinste und wackelte nervös mit dem Kopf. Wenn er neue Krabbler kennen lernte, war er immer etwas aufgeregt. Wilma musterte ihn kühl,

nickte ihm zu und widmete ihre Aufmerksamkeit dann wieder mir.

»Sie haben es also nicht geschafft, mit der Ameise, die Sie verfolgt haben, zu sprechen?«

»Doch, habe ich – gerade lange genug, um ein Treffen mit ihr zu vereinbaren. Aber sie tauchte nicht auf. Dafür bekam ich eins auf die Rübe und tauchte unter. Als ich aufwachte, übte ich im Gartenteich Rückenschwimmen.«

Wilma ließ ihre dunklen Augen tanzen. Ich hätte es ihr gerne gleichgetan, kannte aber die Melodie nicht.

»Ging es bei Ihnen auch daneben?«, fragte ich.

»Ganz im Gegenteil«, antwortete Wilma. Ihre Stimme war ganz leicht, unter der Oberfläche perlte ein Lachen wie die Strömung eines Flusses. »Darf ich Ihnen meinen neuen Freund vorstellen ... Leopold.«

Aus dem Schatten hinter Wilma krabbelte langsam eine Ameise hervor. Es war die Ameise, die an dem Treffen teilgenommen hatte – diejenige, die das Gedicht vorgetragen hatte. Die Angst saß ihr im Nacken, sie wirkte nervös. (Okay, gut, ich sage es: Sie sah aus, als hätte sie Ameisen im Hintern. Zufrieden?) Ihr ruheloser Blick huschte zwischen uns Dreien hin und her.

»Während Sie Ihre abendliche Schwimmrunde absolviert haben«, gurrte Wilma, »habe ich Leopold hierher gebracht, damit er uns einige Fragen beantwortet.«
Ich schüttelte ungläubig den Kopf. Wilma war eine knallharte Reporterin. Donnerwetter.
Ich schob mich vor die kleine Ameise namens Leopold. »Okay, Kumpel – dann erzähl uns mal, was es über den Individualisten-Club zu wissen gibt.«
Er stieß einen Seufzer aus, als wolle er fragen, wo er beginnen solle. Als er endlich sprach, lag ein Beben in seiner Stimme.
»Also, eigentlich sind wir ganz harmlos«, begann er. »Wir treffen uns zweimal in der Woche und sind einfach wir selbst, und jeder …«
»Drückt seine Einzigartigkeit aus?«, half ich ihm auf die Sprünge. »Indem er zum Beispiel Tänzchen aufführt oder Gedichte vorträgt?«
Leopold nickte. »Künstlerisches Schaffen ist der größtmögliche Ausdruck von Individualität.« Er seufzte. »Wir haben es satt, dass alles nur dem Wohlergehen des Nests dienen soll. Ab und zu möchten wir etwas für uns selbst tun …«
Er klang weinerlich, doch ich erkannte, worum es ihm ging.

»Ich habe gerade erst angefangen, mich selbst zu entdecken«, sagte die Ameise. »Herauszufinden, dass ich eigene Wünsche und Bedürfnisse habe. Das Nest ist mir gleichgültig, die Königin bedeutet mir nichts. Jetzt kümmere ich mich erst mal nur um einen – um mich.«

Wilma schaltete sich ein. »Das ist noch nicht alles. Erzählen Sie ihm von dem Spray.«

Leopold gab ein verächtliches kleines Geräusch von sich, als sei dies der weniger wichtige Teil der Geschichte. »Vor einigen Wochen war meine Schwadron nahe der Chrysanthemen auf Futtersuche. Während wir dort waren, kam der Mann aus dem Haus und besprühte die Pflanzen mit Chemikalien. Ein Teil des Sprays ging auf uns nieder.«

Ich verstand nicht. »Na und?«

»Nun ja ... Ein paar Tage später begannen diejenigen Ameisen, die dabei gewesen waren, damit ... sie fingen damit an, die Vorstellung von einer Gemeinschaft infrage zu stellen. Wir begannen, über uns selbst nachzudenken, über unsere Wünsche und Bedürfnisse. Wir begannen, von uns selbst als eigenständigen Wesen zu denken. Wenig später gründeten wir den Club.«

Ich stieß ein kurzes, hartes Lachen aus.

»Wa-was ist daran so witzig, Wanze?«, fragte Jake.

»Eigentlich gar nichts«, antwortete ich. »Nur dass diese ganze Individualisten-Bewegung nicht mehr ist als die Nebenwirkung eines Pflanzenschutzmittels der Menschen. Eine allergische Reaktion auf einen Unkrautvernichter!«

Leopold schien meine Erklärung nicht zu gefallen. Er zog es vor, die Bewegung als ›Behauptung individueller Rechte gegenüber kollektiver Unterdrückung‹ zu betrachten. Ich zuckte die Achseln – sollte er glauben, was er wollte. Mir gingen wichtigere Dinge durch den Kopf.

»Gut, und jetzt will ich wissen, worum es sonst noch geht. Du kannst bei der Schwadron Wespen anfangen, die nach deiner Freundin Clarissa gesucht hat ...«

»Darüber weiß ich nichts, ich –«

»Versuch nicht, mir was vorzumachen, Leo, sonst könnte es sein, dass du nie wieder ein Gedicht schreibst!« Ich verkniff mir zu sagen, dass das vielleicht gar keine so schlechte Idee war. »Also, was ist los?«

Leopold schüttelte den Kopf. »Ich habe keine Ahnung, wirklich nicht.« Er hielt inne. »Aber ich bin sicher, dass Clarissa etwas weiß. Sie war

seit Tagen nicht im Nest gewesen und hatte vor irgendetwas Angst.«
»Du hast aber nicht herausgefunden, wovor?«
»Unserer Vereinigung geht es darum, ihren Mitgliedern die Freiheit zu geben, die eigenen Gefühle zu entdecken. Ich spürte, dass etwas nicht stimmte, aber ich wollte Clarissa nicht nachspionieren …« Seine Stimme hatte einen verzweifelten Unterton angenommen. Ich war noch nicht überzeugt.
»Obwohl du wusstest, dass sie vielleicht in Schwierigkeiten steckte?«
»Ja, das wusste ich, aber …« Leopolds Stimme sank zu einem Flüstern herab. »Vor ein paar Tagen hat sie versucht, mit mir zu reden, aber ich wollte nicht zuhören … Ich hatte Angst davor, in etwas hineingezogen zu werden. Inzwischen habe ich so viel zu verlieren. Ich hatte Angst *um mich* … Können Sie das verstehen?« Beschämt senkte er den Kopf.
Ich nickte. Wenn ich eines in diesem Garten gelernt habe, dann, dass man nach Helden lange suchen muss. Ich konnte Leopold nicht zum Vorwurf machen, dass er ein Feigling war, auch wenn ich der Meinung war, dass er schreckliche Gedichte schrieb. Er hatte sich erst kürzlich als

Individuum entdeckt – von ihm zu fordern, das aufs Spiel zu setzen, war zu viel.
Doch eines wurde mir langsam klar. Etwas Seltsames ging im Garten vor, etwas, das weit mehr umfasste als eine Vereinigung individualistischer Ameisen. Die Wespen waren in die Sache verwickelt, soviel schien sicher. Aber auf welche Weise?
Ich betrachtete den korrupten, von tausend Gefahren erfüllten Garten. Irgendwo dort draußen gab es einen Krabbler, der die Antwort wusste – Clarissa, die Ameise mit der goldenen Stimme. Die Frage war bloß – wo steckte sie?

Kapitel 10

Am nächsten Morgen musste ich Krag im Ameisennest Bericht erstatten. Ich ließ Wilma und Jake zurück, um nach Clarissa zu suchen. Leopold gaben wir den Rat, auf Tauchstation zu gehen. Er erhob keine Einwände.
Sobald ich den Eingang des Nests erreicht hatte, stellte sich mir ein Wachsoldat entgegen.
»Halt«, sagte er tonlos. »Nennen Sie Ihren Namen und den Grund für Ihre Anwesenheit.« Aus seiner Stimme sprach keine Feindseligkeit, aber es war ganz klar, dass ohne seine Erlaubnis niemand an ihm vorbeikam.

»Wanze Muldoon. Ich bin mit Krag verabredet.«

»Zu welchem Zweck?«

»Bestimmt nicht, um ein Schwätzchen mit ihm zu halten. Nun lass mich schon durch – keine Sorge, er wird mich schon empfangen.«

Falls der Wachsoldat irritiert war, ließ er es sich nicht anmerken.

»Folgen Sie mir«, gab er monoton von sich. Er wandte sich um und verschwand den Tunnel hinunter. Ich folgte ihm. Es war weniger dunkel als bei meinem ersten Besuch – düster zwar, aber nicht pechschwarz –, und diesmal fiel es mir leichter, mir die labyrinthischen Verzweigungen und Abbiegungen einzuprägen.

Auf dem Weg nach unten passierten wir eine Ameise nach der anderen und ich ertappte mich dabei, wie ich in jedes der ausdruckslosen Gesichter starrte und dachte: *Und die hier? Gehört sie zu den Individualisten? Oder die da, was sieht es mit der aus?*

Wir gingen um eine Ecke, vorbei an einer Kammer voller Ameisenlarven. Arbeiterinnen versorgten sie mit Futter und Honig. Ich sah mich im Haupttunnel um, den wir jetzt betreten hatten – ein breiter Gang, in dessen Wände mehrere Türen eingelassen waren. Wenn ich mich recht entsann, befanden sich die hoheitlichen Gemächer der Ameisenkönigin uns voraus zur Rechten. Die Seitenkammer, in der Krag mich unterwiesen hatte, musste hinter der dritten Tür zu meiner Linken liegen.

»Warten Sie hier«, sagte der Wachsoldat und er krabbelte auf Krags Kammer zu, um mich anzukündigen.

Während ich wartete, lief eine Ameise an mir vorbei. Sie transportierte einen Tropfen Honigtau, die klebrige Flüssigkeit, die den Blattläusen des Gartens von den Ameisen abgezapft wird.

Sie huschte an mir vorbei, an den hoheitlichen Gemächern entlang, um dann in einem Tunnel zu verschwinden, der den Kammern der Königin direkt gegenüberlag. Sie würdigte mich keines Blickes.

Die Wache kam zurück. »Krag wird Sie jetzt empfangen.«

Als ich die Kammer betrat, blaffte Krag gerade einer Reihe von Soldaten Befehle entgegen. Er wandte sich mir zu und zog eine Grimasse. »Also, Wanze, was haben Sie herausgefunden? Sie werden mir alles mitteilen, was Sie wissen, und zwar SOFORT ... Haben Sie die Ameise mit der weißen Zeichnung entdeckt?«

In meiner Branche lernt man, seinem Instinkt zu vertrauen – er kann einem das Leben retten –, und in diesem Moment riet mir mein Instinkt nur eines: *Schön vorsichtig … Verrate ihm nicht alles, noch nicht.* Es war ein Gefühl in meinem Bauch, das den Weg zum Kopf noch nicht gefunden hatte. Ich brauchte Zeit, um über alles nachzudenken. Bis es so weit war, warnte mich etwas davor, Krag von Clarissa oder von dem Treffen, dessen Zeuge ich gewesen war, zu erzählen.

Was ich sagte, war: »Also, ich verfolge da eine Reihe von Hinweisen, aber bis jetzt nichts Konkretes. Ich brauche ein paar Tage mehr Zeit …«

»Jämmerlich!«, hustete Krag. »Ich wusste es. Wie soll ein einfacher *Käfer* Erfolg haben, wenn die geballte Streitmacht des glorreichen Ameisenheeres versagt?«

Ich zuckte die Achseln. »Vielleicht war die Königin der Meinung, ich könne den Fall mit mehr … Feingefühl lösen«, schlug ich vor. »Etwas, das, wie mir aufgefallen ist, nicht gerade zu Ihren Stärken zählt.«

Krag schob seinen kleinen Ameisenkopf direkt vor mein Gesicht. Er bebte vor Zorn.

»Typen wie Sie sind eine Schande für alle Insekten«, spuckte er. »Hätte ich nicht anders lautende Befehle der Königin, wären Sie jetzt bereits tot!«
Ich lächelte. Wenn ich Krag weit genug aus der Reserve lockte, so überlegte ich, würde er vielleicht einen Hinweis fallen lassen. Außerdem machte mir die Sache Spaß, sodass ich beschloss, ihn ein wenig weiter zu piesacken.
»Und was macht die Ameisen zu so etwas Besonderem?«
Krags Stimme hob sich. »Was weißt du schon über uns, Käfer? Das Nest stellt die größte Streitmacht im Garten dar und doch haben wir erst einen Bruchteil dessen erreicht, was uns möglich ist. Noch hat unser Schicksal sich nicht erfüllt.«
»Ach ja? Und welches Schicksal sollte das sein?«
»Haben Sie je von den Treiberameisen Südamerikas gehört? Die verbringen ihr Leben nicht in einem gemütlichen Nest. Die sind immer unterwegs, schlagen mal hier, mal dort ihre Zelte auf, ständig getrieben von der Suche nach Nahrung. Was immer ihren Pfad kreuzt, hat zwei Möglichkeiten: Geh zur Seite oder stirb. Sie kennen keine Gnade.«
»Klingt, als würde Ihnen das gefallen«, warf ich ein.

Krag wollte etwas erwidern, hielt sich dann aber zurück, als wäre ihm bewusst geworden, dass er bereits zu viel gesagt hatte.

»Meine Aufgabe lautet, der Königin und dem Wohl des Nests zu dienen«, sagte er schließlich. »Was bedeutet, dass diese verfluchten Individualisten gefunden werden müssen.« Er wandte sich ab. »Verziehen Sie sich, Wanze. Und wenn Sie das nächste Mal hier aufkreuzen, um Bericht zu erstatten, haben Sie hoffentlich mehr vorzuweisen ... wenn Ihnen etwas an Ihrer Gesundheit liegt.«

Ich drehte mich um und folgte dem Wachsoldaten langsam zurück zur Oberfläche. Wie zuvor wackelte er mir voraus, ohne sich umzudrehen oder auch nur einen Ton von sich zu geben. Während ich ihm folgte, wurde ich das Gefühl nicht los, dass hier etwas nicht stimmte.

Plötzlich traf es mich mit der Wucht eines Zusammenstoßes mit einer zwei Tonnen schweren Hummel: Die Ameise, die mir aufgefallen war, während ich auf Krag gewartet hatte – sie hatte Honigtau transportiert. Jeder wusste, dass die Ameisenkönigin eine Vorliebe für dieses süße Zeug hatte – eine so ausgeprägte Vorliebe, dass keiner anderen Ameise der Kolonie gestattet war, davon zu kosten. Warum also hatte diese Ameise den Honigtau nicht zur Kammer der Königin gebracht? *Das* war es, was mich die ganze Zeit gestört hatte.

Vielleicht lag ich falsch. Möglicherweise war da irgendwo einfach eine Kammer, in der die Ameisen den Honigtau für die Königin einlagerten. Doch mein Instinkt sagte mir etwas anderes. Mein Instinkt sagte mir, dass hier mehr im Spiel war.

So unauffällig und leise wie möglich machte ich kehrt und lief zurück. Es würde eine Weile dauern, bis der Wache auffiel, dass ich ihr nicht mehr folgte. Doch ich spielte ein gefährliches Spiel. Wenn eine der anderen Ameisen mich sah und Alarm schlug, war ich geliefert.

Der Hauptgang lag verlassen, als ich dort ankam. Ich atmete erleichtert aus und schlug mich in den Tunnel, in den ich die Ameise mit dem Honigtau hatte verschwinden sehen. Es war eine enge Angelegenheit, ich kam gerade so durch. Sollte der Tunnel nur einen Bruchteil schmaler werden, würde ich darin stecken bleiben. Ich stapfte in die vor mir liegende Dunkelheit.

Plötzlich näherten sich Schritte. Blitzschnell sah ich mich um – kein Ausweg. Ich begann, an den

Seitenwänden des Ganges zu kratzen. Zuerst blieben sie hart und unnachgiebig, doch dann traf ich auf weiche Erde, die unter dem Druck zerbröckelte. Ich drückte mich nach vorn und fand mich in einem weiteren Tunnel wieder. Ein Geheimtunnel, der meinem Blick verborgen gewesen war!

Ich hetzte voran. Wenig später stieß ich auf eine kleine Ausbuchtung, hinter der sich der Tunnel gabelte. Welcher Weg war der richtige? Ich senkte meine Fühler und ließ sie den Boden absuchen. Endlich witterten sie eine entfernte, klebrig süße Ahnung von Honigtau. Die Spur führte in den schräg abfallenden Tunnel zu meiner Rechten.

Ich stürmte ihn hinunter. Nach einigen Kurven und Abbiegungen erweiterte sich der Gang und mir voraus erklangen Stimmen. Ich drückte mich nach vorn und lugte um die nächste Ecke. In der Kammer, die sich dort auftat, befanden sich zwei Ameisen normaler Größe – einschließlich derjenigen, die ich zuvor gesehen hatte –, doch was meine Aufmerksamkeit erregte, war die dritte im Bunde. Es war eine Königin, doch nicht *die* Königin, versteht ihr? Diese hier war jünger und ein gutes Stück kleiner. Eine der beiden anderen Ameisen putzte die junge, flügellose Königin, die andere fütterte sie mit dem Honigtau.

Ich schob mich ein winziges Stück weiter nach vorn. Schlechte Idee – ich trat dabei ein wenig Erde los. Der entstandene Lärm war gering, doch in meinen Ohren klang er wie Donner.

»Was war das?«, zischte die junge Königin. Ihr Kopf zuckte zur Seite, doch ich konnte mich gerade noch rechtzeitig zurückziehen. Ich wirbelte herum und schoss zurück in den Tunnel. Hinter mir ertönte ihr wilder Schrei.

Ich bahnte mir einen Weg durch den verschütteten Eingang des Geheimtunnels und rannte weiter. Vom Hauptgang aus hetzte ich in den Tunnel, der nach oben zum Eingang des Nests führte.

Während ich mich der Oberfläche näherte, kam mir eine Formation anderer Ameisen entgegen. Sie beäugten mich in stillem Misstrauen, stellten sich mir aber nicht in den Weg. Ich rannte und rannte.

Endlich leuchtete mir Tageslicht entgegen. Ich hatte es fast geschafft.

Plötzlich schob sich das Gesicht des Wachsoldaten in mein Blickfeld. Er musste oben angekommen sein und dann bemerkt haben, dass ich ihm nicht länger folgte. Also war er zurückmarschiert, um herauszufinden, wo ich steckte.

»Wo sind Sie gewesen?«, wollte er wissen.

Mir war klar, dass ich ihm keinen Anlass dazu geben durfte, Krag zu holen. Der Kommandant wartete nur auf eine passende Gelegenheit, mich ein für alle Mal loszuwerden. Ich keuchte ein wenig heftiger als nötig und stieß so erschöpft wie möglich hervor: »Puhhh, du bist einfach zu schnell, Mann! Ich hab noch gerufen, dass du langsamer machen sollst, aber anscheinend hast du mich nicht gehört …«

Ich bin vielleicht nicht der beste Schauspieler der Welt, doch der Wächter kaufte mir den liebenswürdigen Volltrottel ab. Er sagte nur: »Folgen Sie mir.«

Wir krabbelten den Tunnel hinauf, dem Eingang entgegen.

Es tat gut, endlich wieder Sonne auf dem Panzer zu spüren, über Erde und Gras zu laufen, sich nicht in der Dunkelheit des Ameisennests herumdrücken zu müssen. Doch während ich marschierte, türmten sich Fragen vor mir auf. Was war hier los? Warum hielt sich eine zweite

Königin im Nest versteckt? Jedes Nest hat immer und ausschließlich nur eine Königin. Natürlich wurde immer mal wieder eine neue Königin geboren, aber die würde ausfliegen, um ihre eigene Kolonie zu gründen. Doch die Königin, die ich gesehen hatte, hatte ihre Flügel bereits abgeworfen.

Da war noch etwas, das mich störte. Wo war die Verbindung zu den Wespen?

Es gab nur eine Möglichkeit, das herauszufinden. Es wurde Zeit für ein kleines Schwätzchen mit einer Wespe …

Kapitel 11

Vielleicht denkt ihr, dass zwischen einer Biene und einer Wespe kein großer Unterschied besteht. Schließlich sind beide mehr oder weniger gelb und schwarz, beide düsen durch den Garten und beide können stechen. Es gibt aber, so viel nur zu eurer Information, einen ganz gewaltigen Unterschied. Die meisten Bienen sind, auf ihre zerstreute Art, recht freundlich. Wespen hingegen … Wespen sind etwas anderes. Eine Wespe wird zustechen, sobald sich ihr die erstbeste Gelegenheit dazu bietet. Wespen sind gemeingefährlich.

Es gibt einen weiteren Unterschied. Bienen sind so ausgestattet, dass sie mit einem Saugrüssel Nektar aus Blüten trinken. Sie schlurfen ihn auf und brummeln dann gemütlich in Richtung Bienenstock, die Körper beladen mit Pollen. Bei Wespen hingegen ist alles auf Beißen und Kauen ausgelegt. Sie fressen andere Insekten, Früchte und so ein Zeugs. Nektar mögen sie allerdings ebenfalls. Sie betrachten ihn als besondere Delikatesse. Es war diese Tatsache, die ich im Hinterkopf hatte, als ich mich für das Schwätzchen mit einer Wespe rüstete.

Ich wählte eine Pflanze aus, baute meine Falle auf und wartete.

Und wartete …

In meiner Branche gewöhnt man sich ans Warten. Es gehört einfach dazu. In der Zwischenzeit beobachtete ich den Mann aus dem Haus, der sich im Garten aufhielt und dieses Ding über das Gras schob, das man Rasenmäher nennt. Während ich ihn mir so ansah, bestürmten mich dieselben Fragen wie immer: *Was geht in diesem großen Säugetiergehirn vor? Denkt es nur* halbwegs *ähnlich, wie wir Insekten denken? Wer bist du, Mensch? Worüber denkst du nach, wem schenkst du deine Gefühle? Schaust du mich jemals*

an und überlegst dabei, was Wanze Muldoon gerade durch den Kopf geht?
Mir wollten keine Antworten einfallen. Ich wartete weiter.
Es dauerte lange, bis endlich eine Wespe auftauchte. Zuerst hörte ich ihr Summen – ein tiefes, zorniges Geräusch, das sich gerade eben noch vom Brummen des Rasenmähers unterscheiden ließ. Das Summen der Wespe klang nach Ärger. Allerdings war, wenn es heute um Ärger gehen sollte, ich derjenige, der ihn machen würde.
Das Summen verstummte. Ich lugte unter meinem Blätterversteck hervor, vorsichtig und ohne meinen Kopf sehen zu lassen. Die Wespe war auf einer etwa dreißig Zentimeter entfernten Blume gelandet. Sie begann, sich ihren Weg ins Blüteninnere zu arbeiten, um an den Nektar zu gelangen. Ich hörte ihr gieriges Schlürfen.
Wenige Sekunden später erhob sich die Wespe wieder in die Luft. Ihr Summen erfüllte meine Ohren. *Komm schon*, versuchte ich ihr zu befehlen, *komm zum Blümchen – hier gibt's lecker Nektar – komm hier rüber!*
Das Glück war auf meiner Seite. Die Wespe hielt sich einen Augenblick länger in der Schwebe, dann wurde ihr Summen lauter, als sie die Blume

direkt über mir ansteuerte – die Blume, die ich sorgfältig präpariert hatte. Ich sah nach oben und nahm den schwarzgelben Körper durch die Blütenblätter hindurch wahr. Ich wartete, bis die Wespe sich direkt im Pflanzenkelch befand, dann riss ich an dem biegsamen Weinstrang, den ich um die Blüte gelegt hatte. Die Blütenblätter schlossen sich.

Die Wespe war gefangen.

Ich befestigte den Strang und gab ihr etwas Zeit, sich über ihre Lage klar zu werden. Ihr Summen wurde zorniger und zorniger, während sie versuchte, sich zu befreien. Auf angenehm seltsame Art empfand ich dieses Geräusch als entspannend.

Schließlich kletterte ich am Stängel empor und sprach in die Richtung, in der sich ihr Kopf befand.

»Gemütlich genug da drin?«, fragte ich. Was solche Dinge angeht, bin ich höflich.

»Wer ist da?«, brüllte die Wespe. »Wie kannst du es wagen! Lass mich raus!« Sie brüllte noch mehr. Den genauen Wortlaut möchte ich an dieser Stelle nicht wiederholen.

Als sie fertig war, fragte ich: »Was weißt du über eine Geheimorganisation der Ameisen?«

Auch diese Antwort möchte ich nicht wiederholen.
Ich lächelte. »Hoffentlich benutzt du solche Ausdrücke nicht bei dir zu Hause, im Wespenstock«, sagte ich. »Okay, versuchen wir's mal damit: Warum hat eine ganze Schwadron Wespen nach einer Ameise namens Clarissa gesucht? Eine Ameise mit einer weißen Zeichnung auf dem Kopf?«
Dieselbe Antwort.
So kam ich nicht weiter. Ich beschloss, sie sich eine Weile abregen zu lassen, und machte einen Spaziergang. Einen schönen, langen Spaziergang. Vielleicht würde sie sich danach als etwas gesprächiger erweisen.
Ich ging zurück zu meinem Büro, um nachzusehen, ob Wilma oder Jake dort irgendwelche Nachrichten hinterlassen hatten. Doch als ich das Büro wieder verließ, wurde ich das Gefühl nicht los, dass etwas anders war als zuvor. Dann machte es Klick: Normalerweise kann ich kaum die Nase aus dem Büro stecken, ohne dass Billy, die Raupe, mir auf den Wecker geht. Doch heute war da kein begeisterter »Hey, Wanze!«-Schrei. Da war gar nichts.
Ängstlich sah ich mich um, in der Hoffnung, die

Elster möge nicht zurückgekehrt sein, um ihr Frühstück zu beenden, das ich tags zuvor so unhöflich unterbrochen hatte.

Dann sah ich es. Billy war nicht tot, doch er *war* für immer gegangen. Sein Leben als Raupe war vorüber.

Kopfüber hing er vom Stamm einer Pflanze drüben im Brennnesselbusch herab. Für die Welt war er tot, denn er war ins Stadium der Verpuppung eingetreten. Wochenlang würde er so dort hängen, während sein Körper sich neu zusammensetzte. Dann würde er als ein neues Wesen in den Sonnenschein hinausfliegen – als Schmetterling. Man muss sich das mal vorstellen: Du gehst als Raupe schlafen und erwachst als Schmetterling! Wie kann ein Geschöpf innerhalb ein und derselben Lebensspanne zwei verschiedene Wesen sein? Ich kapier das nicht.

Nach der Metamorphose hat ein Insekt an sein vorheriges Leben natürlich keinerlei Erinnerung. Ich selbst weiß gar nichts mehr über mein Dasein als Larve. Und Billy würde sich nicht mehr an seine Existenz als Raupe erinnern, an seine wilde Hoffnung, eines Tages Privatdetektiv zu werden. Er würde sich auch an mich nicht mehr erinnern.

Mein letzter Blick auf Billy erfüllte mich mit schrecklicher Beklommenheit. Dieser stinkende Garten war für kleine Kerle wie Billy bereits gefährlich genug. Und nichts würde besser werden – der Fall, an dem ich arbeitete, war eine verdammt große Sache. Etwas durch und durch Übles spielte sich im Garten ab – etwas, das das Leben für kleine Kerle wie Billy noch gefährlicher machen würde –, und es ging dabei um weit mehr als um ein Grüppchen individualistischer Ameisen.

Ich wusste, dass es meine Aufgabe war herauszubekommen, was hier vor sich ging. Es wurde Zeit für ein paar Antworten. Es wurde Zeit, mir die Wespe wieder vorzuknöpfen.

Als ich zur Pflanzenfalle zurückkam, waren einige Stunden vergangen und die Wespe fühlte sich für eine Unterhaltung besser aufgelegt. Schon komisch, was ein wenig Freiheitsberaubung und Futterentzug ausrichten können.

Ich ließ den ganz harten Kerl aus meiner Stimme klingen. »Also, nochmal das Ganze. Warum wart ihr hinter der Ameise namens Clarissa her?«

»Ameisen haben keine Namen«, schnarrte die Wespe im Innern der Falle verächtlich.

»Richtig«, stimmte ich zu. »Aber Wespen gehen

auch nicht in Pflanzenfallen, und wo steckst du gerade, Alte?«

Darauf wusste sie keine Antwort. Ich fragte erneut nach Clarissa, und um ihrem Gedächtnis auf die Sprünge zu helfen, versetzte ich ihr einen kleinen Knuff in die Seite.

Nach der zwanzigsten Fragerunde wurde sie endlich weich. »Wir haben nach ihr gesucht, weil sie ihre Nase in Sachen gesteckt hat, die sie nichts angehen, und weil sie etwas gehört hat, das sie nicht hören durfte. Sie wusste von dem Plan …«

Das klang gar nicht gut. »Von welchem Plan?«

Langes Schweigen. Als sie weitersprach, erfolgte das mit einer solchen Arroganz, dass man annehmen konnte, *sie* leite das Verhör und *ich* sei der Gefangene. Das war die Antwort der Wespe: »Der Plan, der Dreckskäfer wie dich aus dem Garten hinwegfegen wird. Das bist du doch, oder? Ein Dreckskäfer. Deine Tage sind gezählt, Freundchen, kapiert? Die neue Allianz zwischen Wespen und Ameisen wird alles vernichten, was sich ihr in den Weg stellt. Der Garten steht an der Schwelle zu einer neuen Epoche …«

Es war eine nette Rede, aber ich konnte mir nicht verkneifen, sie zu unterbrechen. »Die

Ameisenkönigin wird das niemals mitmachen.« Jeder wusste, dass die Königin mit den Wespen nichts am Hut hatte. Ich konnte nicht glauben, dass sie eine Allianz mit ihnen eingehen würde. Die Wespe in der Falle musste versuchen zu bluffen.

Doch was sie dann sagte, jagte mir kalte Schauer den Panzer hinunter. »Vielleicht sind die Tage der Königin ebenfalls gezählt«, stieß sie hämisch aus.

Ich wollte gerade fragen, wie das gemeint war, als das Glück mich verließ. Eine Schwadron Wespen schwirrte in mein Blickfeld. Es waren fünf von ihnen, die in Angriffsformation dicht über das Gras hinwegflogen, und sie hatten mich entdeckt. Sie sahen überhaupt nicht aus, als hätten sie Lust auf ein Schwätzchen, und sie kamen direkt auf mich zu …

Ich steckte wieder genau da, wo ich mich bestens auskannte – in großen, großen Schwierigkeiten.

Kapitel 12

Wie die meisten Käfer, so kann auch ich fliegen, wenn auch nicht besonders gut. Mit den großen Flugkünstlern unter den Insekten, wie Fliegen und Bienen, kann ich es nicht aufnehmen. Ich ziehe es vor, mit allen sechs Beinen auf dem Boden zu bleiben. Allerdings hatte ich nicht die geringste Chance, der Schwadron Wespen zu Fuß zu entkommen.

Ich nahm Anlauf, öffnete meine Flügel und erhob mich in die Luft. Die Wespen änderten ihre Formation für die Verfolgung. Ich hielt mich dicht über dem Rasen, im Zickzackkurs

flog ich nach links und rechts. Was sie nicht abzuschütteln vermochte. Im Gegenteil, sie holten langsam, aber sicher auf.
Ich stieg nach oben, getragen von den warmen Luftströmen der Sommersonne, dann ging ich zurück in den Sinkflug. Wieder nichts. Die Wespen waren weitaus gewandtere Flieger, als ich es war. Sie mussten sich nicht einmal anstrengen, während ich in zunehmender Verzweiflung mit den Flügeln schlug. Und während all dessen erklang hinter mir das drohende Brummen, das mit jeder Sekunde näher kam.
Ich drehte nach links ab und flog den Schatten eines Apfelbaums an, in der Hoffnung, sie dort abhängen zu können. Ich umschwirrte und umkreiselte Blätter und Zweige, schoss zwischen ihnen hinein und hinaus. Als ich glaubte, außer Sichtweite zu sein, ließ ich mich zu Boden plumpsen. Vielleicht könnte ich mich eine Weile verstecken? Ein paar Äpfel lagen unter dem Baum. Einer von ihnen war mehr als reif – er war bereits am vergammeln. *Perfekt.*
Ich krabbelte darauf zu und bahnte mir einen Weg durch die verschrumpelte braune Schale. Der Apfel schien mir ein gutes Versteck zu sein, auch wenn er nicht besonders gut roch. Ich

arbeitete mich ins Innere des matschigen Fruchtfleisches vor und lauschte dabei den über mir kreisenden Wespen. Sie klangen verwirrt, sie wussten nicht, wo ich abgeblieben war. Was mir nur recht war. Ich stieß einen erleichterten Seufzer aus.

Das hätte ich besser bleiben lassen sollen. Etwas schob mir aus der feuchten Dunkelheit des Apfels seinen kleinen Kopf entgegen und rief: »Hey! Das ist mein Apfel! Zisch ab und such dir selber einen!«

Es war eine Made. Sie musste sich gerade gut gelaunt durch den Apfel gefressen haben, als ich hereinplatzte.

»Hör zu«, flüsterte ich. »Ich bleibe nicht länger als ein paar Minuten. Ich werde nichts essen. Ich mag Äpfel nicht einmal.«

»Kann sein«, bellte die Made, »aber such dir trotzdem deinen eigenen Apfel, um da drin abzuhängen, Freundchen.«

Für eine so kleine Made hatte sie ein beeindruckend lautes Organ. Ich hörte, wie das Summen der Wespen sich näherte.

»Nicht so laut, Kleiner«, zischte ich.

»Nicht so laut, ja?«, röhrte die Made. »Jetzt sag ich dir mal was, Mister Nicht-so-Laut. Das ist mein Apfel, in dem bin ich so laut, wie es mir passt.« Damit brach sie in einen ohrenbetäubenden Gesang aus. »LA, LA, LA … LA, LA, LA … Laut genug für dich? … LA, LA, LA …«

Ich wollte gerade ausholen und dem kleinen Schreihals eine verpassen – nichts wirklich Ernstes natürlich –, doch bevor ich dazu kam, krümmte er sich nach vorn und streckte den Kopf zur Apfelschale hinaus. »LA, LA, LA«, krähte er weiter, »EINDRINGLING IM APFEL, LA, LA, LA!«

Ich hörte eine der Wespen ausrufen: »Da unten!«

Mist aber auch! Ich verzog mich aus dem Apfel, schüttelte das an mir klebende Fruchtfleisch ab und sah nach oben. Die Wespen schossen mir im Sturzflug entgegen wie eine schwarzgelbe Wolke.

Ich entfaltete meine Flügel und hob erneut ab. Langsam ermüdete ich. Mein Körper ist zu schwer für meine kleinen Flügel, die inzwischen die Belastung deutlich spürten. Die Geschwindigkeit verringern konnte ich jedoch nicht – nicht mit den Wespen so dicht auf den Fersen.

Jetzt näherte ich mich dem Teich – der Heimstatt des alten Karpfens, der mich gestern als

Abendessen eingeplant hatte. Als ich über das Wasser flog, konnte ich unter mir die goldene Masse von Fisch erkennen. Die ersten Puzzleteile eines Plans schoben sich in meinem Kopf ineinander.

Es wurde Zeit, etwas gegen die Wespen zu unternehmen.

Ich flog dicht über die Oberfläche des Teiches, dann drosselte ich abrupt meine Geschwindigkeit. Eine der Wespen löste sich aus der Schwadron und ließ sich geradewegs nach unten fallen. Ihr Plan, so nahm ich an, war es wohl, von oben auf mich herabzustoßen, mich mitten aus der Luft zu pflücken und davonzutragen.

Ich flog weiterhin so langsam wie möglich, als unternehme ich eine kleine nachmittägliche Spritztour – die Wespe kam rasend schnell näher, hatte mich fast erreicht, noch zwei Sekunden, noch eine … Im letzten Moment wich ich zur Seite aus. Ich fühlte, wie die Wespe mich streifte, bevor sie wie eine Pistolenkugel nach unten und ins Wasser schoss. Das Letzte, was ich hörte, war ein überraschtes »Hä?«, bevor sie eintauchte. PLOP!

Ich nahm mir nicht die Zeit nachzusehen, ob der Karpfen die Wespe wirklich erwischt hatte. Mit

Höchstgeschwindigkeit düste ich davon. *Eine weg, vier im Sinn.* Doch ich wusste, dass sie auf einen solch simplen Trick nicht noch einmal hereinfallen würden. Was konnte ich tun?
Dann kam mir die Erleuchtung. Der Mann aus dem Haus schob immer noch den Rasenmäher über das Gras. Ich wusste, was ich zu tun hatte. Es war Wahnsinn, aber es war meine einzige Chance.
Ich beschrieb eine Rechtskurve und flog direkt auf den Mann zu. Die Wespen waren inzwischen so dicht aufgerückt, dass sie mich beinahe an den Hinterbeinen packen konnten. Beinahe, aber noch nicht ganz. Die Luft erzitterte unter dem Getöse ihres wütenden Summens, in meinem Kopf war nur noch Platz für den Gedanken an ihre tödlichen Stacheln.
Ich änderte die Flugrichtung. Jetzt befand ich mich auf Kollisionskurs mit dem Mann. Unvermittelt tauchte ich tief ab, jetzt nahm ich Kurs auf den Rasenmäher. Die Wespen folgten mir dicht auf dem Fuß. Mein gesamtes Blickfeld wurde jetzt von dem drohend aufragenden, metallenen Gehäuse des Rasenmähers eingenommen. Ich raste durch einen Sturm aus gemähtem Gras, dann weiter geradeaus – gera-

deaus, den wirbelnden Klingen des Rasenmähers entgegen.

Ich schoss durch eine Lücke zwischen den beiden Klingen, veränderte meinen Neigungswinkel um einen Bruchteil und schoss durch die nächste sich öffnende Lücke zur Rückseite des Rasenmähers hinaus. Es war ein unglaublich präzises Flugmanöver.

Als ich mich erneut dem Himmel entgegenschwang, konnte ich der Versuchung nicht widerstehen, mich umzusehen. Alle vier Wespen waren mir durch den Rasenmäher gefolgt. Nur zwei von ihnen waren auf der anderen Seite herausgekommen. Die beiden anderen waren entweder nicht wendig genug gewesen oder hatten einfach nicht das Glück gehabt, der Zerstückelung durch die Klingen zu entkommen.

Damit waren drei von ihnen ausgeschaltet, doch zwei waren immer noch übrig, und ich näherte mich der totalen Erschöpfung. Viel weiter würde ich es nicht schaffen, und meine zwei Verfolger klangen angriffslustiger und wütender als je zuvor.

Ich wurde langsamer. Ich wollte mich zwingen, nicht aufzugeben, schneller zu fliegen, doch es hatte keinen Zweck. Es kam, wie es kommen musste. Ich wurde zu beiden Seiten von je einem Paar Beine ergriffen. Das Spiel war aus, Flucht unmöglich. Die Wespen hatten mich erwischt. Ich ließ die Flügel hängen und nahm mir vor, die kleine Luftreise zu genießen, während sie mich zu ihrem Stock transportierten. Ein einziger Gedanke dröhnte in meinem Kopf: *Es muss bessere Mittel und Wege geben, sein Geld zu verdienen …*

Kapitel 13

Der Garten unterteilt sich in zwei große Bereiche. Die ans Haus anschließende Hälfte wird von dem Mann gehegt und gepflegt – der Rasen, der Teich, das Vogelbad, die Blumenbeete – alles schön ordentlich. Doch im hinteren Teil des Gartens regiert die Wildnis. Hier machen Gestrüpp und Unkraut, was sie wollen. Der Mann aus dem Haus gibt sich damit gar nicht ab, er hält lediglich den am Teich entlangführenden kleinen Pfad sauber, damit er den Schuppen erreichen kann. Neben dem Schuppen liegt der Komposthaufen, der Herrschaftsbereich der

großen Spinne. Ein Holzzaun markiert die rückwärtige Grenze des Gartens. Der Zaun verläuft in einer schnurgeraden Linie, ausgenommen die Stelle, an der ein riesiger Baum von hinten gegen ihn drückt und ihn nach vorne ausbeult.
Der Wespenstock befindet sich im Wurzelwerk dieses Baumes. Er war das Ziel der zwei Wespen, die mich mit sich schleppten. Sie landeten am Fuß des Baumes und zwängten mich in den abschüssigen Eingang zu ihrem unterirdischen Nest.
Als sie mich in die Öffnung drückten, schnarrte eine der beiden: »Du bist also der Typ, dem wir den ganzen Ärger zu verdanken haben.«
»Man tut, was man kann«, antwortete ich.
»Wir dachten, das kleine Bad im Teich hätte deinen Arbeitseifer etwas gebremst«, sagte die andere. »Pech, dass es nicht so war. Pech für dich, genauer gesagt.«
Das waren also die Wespen, die mich hinterrücks überfallen hatten, während ich auf Clarissa gewartet hatte. Und die mich anschließend, kieloben und für totgeglaubt, im Teich zurückgelassen hatten.
»Ich lasse mich eben nicht so schnell unterkriegen«, antwortete ich.

Ich wurde in den Stock hinabgestoßen. Der Weg führte uns an einer Reihe sechseckiger Zellkammern nach der anderen vorbei. Einige davon waren mit Futter gefüllt. Andere dienten einem höheren Zweck – sie beherbergten die von der Wespenkönigin gelegten Eier. Ich dachte daran, wie klein und unschuldig diese Eier doch aussahen – und wie schwer vorstellbar es war, dass eines Tages Wespen daraus werden sollten.

Während wir tiefer und tiefer stiegen, spürte ich die feindseligen Blicke Hunderter von Wespenaugen, die mich abtasteten. Ein Wespenstock gleicht in vielerlei Hinsicht einem Ameisennest. Jeder hat hier seine feste Aufgabe. Einige Wespen kümmern sich um die Königin, andere füttern die Jungen; einige entsorgen Abfälle, wieder andere schwärmen zur Nahrungssuche aus. Auf der anderen Seite gibt es große Unterschiede: Im Gegensatz zu Ameisen neigen Wespen zu Temperamentsausbrüchen, die sich durchaus auch gegeneinander richten. Ein Gefühl für das Nest als Einheit existiert nicht. Der Wespenstock machte den Eindruck, als warte er auf einen bevorstehenden Kampf.

»Wohin gehen wir?«, fragte ich eine der beiden Wespen, die mich voranstießen.

»Du marschierst schnurstracks in Richtung ewige Jagdgründe«, antwortete sie. »Aber vorher bringen wir dich in die hoheitlichen Gemächer. Unsere Königin will dich sehen, bevor du stirbst.«

Ich erwiderte nichts, doch meine Gedanken überschlugen sich. Wenn man mich vor die Königin schleifte, blieb mir wenigstens eine letzte Chance. Meine einzige Hoffnung bestand darin, die Wespenkönigin davon zu überzeugen, dass ich mich nicht in die Angelegenheiten ihres Volkes eingemischt hatte.

Es gab da nur ein kleines Problem: Gerüchten zufolge sollte die Königin der Wespen verrückter sein als eine ganze Matratze voller Flöhe. Die Ameisenkönigin war berechenbar, doch die Wespenkönigin war berüchtigt für ihre plötzlichen Stimmungswechsel. In diesem Moment mochte sie noch mit dir kichern und plaudern. Im nächsten Moment würde sie ihren Wachen befehlen, dich zu Tode zu stechen. Der Tod, so hieß es, sei nicht fern, wenn die Wespenkönigin nahe war.

Wir kamen am Eingang zu den königlichen Kammern an und ich wurde hineingestoßen. Der Raum war ein Meer von Gelb und Schwarz,

Wespen drängten sich dicht an dicht, doch die herausragende Präsenz war die Wespenkönigin. Ein kurzer Blick in ihre irrlichternden Augen sagte mir alles, was ich wissen musste. Sie lebte in jenem weit entfernten Land namens *Irrsinn*.

»Was haben wir denn hier für ein wildes junges Kerlchen?«, gurgelte die Königin der Wespen.

»Den Käfer«, antwortete einer ihrer Gehilfen. »Der Kerl, der überall rumgeschnüffelt hat.«

Die Augen der Königin tanzten wie Glühwürmchen im Geschwindigkeitsrausch.

»Böser, böser, böser kleiner Käfer«, krähte sie gut gelaunt. Ich lächelte so zuvorkommend, wie ich es unter diesen Umständen vermochte, und lauschte dabei dem Schrecken erregenden Summen und Brummen des Wespennestes. Es musste verblassen gegen das Summen und Brummen im fiebernden Hirn der Königin.

»Und wie heißt du, o bösester aller Käfer?«, sang die Wespenkönigin.

»Wanze Muldoon, Gnädigste.« Ich schätzte, dies war nicht der Augenblick für freche Antworten.

»Und warum nennt man dich Wanze, Mister Kille-Kalle-Käferchen?«

»Das ist eine längere Geschichte, Eure Majestät. Vielleicht sollte ich sie Ihnen ein andermal ...«

Schlechte Antwort. Der fröhliche Ausdruck auf dem Gesicht der Königin verschwand, als habe eine Wolke sich vor die Sonne geschoben. Ihr Antlitz verzog sich zu einer widerlichen Grimasse.
»Du sagst es mir *jetzt* oder du wirst sterben!«, kreischte sie.
Ich blieb ruhig. »Die Sache ist die, Eure Majestät – es ist ziemlich intim.« Ich deutete auf all die Wespen, die uns umringten. »Ich bin zu schüchtern. Wenn wir beide unter uns wären, wäre das natürlich etwas anderes …«
Diese Antwort schien der Königin zu gefallen. Sie kicherte heftig und ausgiebig, ein hohes, hysterisches Geräusch, das mit normalem Gelächter nichts mehr zu tun hatte.
Als das wahnwitzige Kichern der Königin nachließ, beugte sich einer ihrer Gehilfen vor und sagte: »Er weiß von dem Plan, Majestät. Er muss … beseitigt werden.«
»Aber ich mag ihn«, seufzte die Königin beleidigt. »Ich mag dich, Wanze Muldoon. Es tut mir richtig Leid, dass ich dich zum Tode verurteilen muss.«
»Warten Sie«, rief ich. »Und wenn ich verspreche, niemandem etwas zu erzählen? Dann könn-

ten Sie mich doch laufen lassen, oder?« An etwas anderes konnte ich im Moment nicht denken. Zu meinem Erstaunen ging sie darauf ein.
»Wirklich?«, fragte die Königin. »Großes, feierliches Ehrenwort?«
Ich versuchte, mir all die Versprechen und Ehrenworte ins Gedächtnis zu rufen, die ich junge Larven je hatte aufsagen hören. Das Beste, was ich zustande brachte, war:

»Sollt ich den Käferschwur vergessen,
Mag mich sogleich ein Vogel fressen.
Und glaubt Ihr meinen Schwur mir nicht,
Wünscht, dass man mich zu Tode sticht.«

»Bravo!«, gurgelte die Wespenkönigin. »Schön gesagt! Gut genug für mich, sollte ich meinen ...«
Ich konnte mein Glück kaum fassen. Wie es aussah, war ich dem Tod gerade nochmal von der Schippe gesprungen.
Doch dann erklang eine vertraute Stimme vom anderen Ende der Kammer. »Ich befürchte, dem Wort eines *Käfers* kann man nicht trauen, Majestät.« Ich kannte diese Stimme, und als ich sie hörte, rutschte mir das Herz in die Füße.

Es war Krag! Der Kommandant der Ameisenarmee befand sich in Begleitung von zwei seiner Elitesoldaten. Ich wirbelte herum und sah ihn an. Zwischen den ihn umgebenden Wespen wirkte er winzig, doch er bewegte sich mit der für ihn typischen Arroganz.
»Sie sind also der Verräter unter den Ameisen«, sagte ich. »Ich hätte es wissen müssen.«
»Ich bin kein Verräter«, spuckte Krag. »Was ich getan habe, tat ich zum Wohle des Nests. Wenn dazu die Beseitigung der Ameisenkönigin erforderlich ist, lässt sich das nicht ändern. Die Tage des Friedens sind vorüber! Die Tage der Läusemelkerei und der Nahrungssuche sind vorüber! Ein neues, goldenes Zeitalter bricht an. Wenn unsere alte Königin erst abgesetzt ist, wird die Große Allianz der Ameisen und Wespen marschieren und alles erobern, was ihr in den Weg kommt. Wer sich uns nicht beugt, wird vernichtet …«
»Wie bei den Treiberameisen in Südamerika?«, fragte ich. »Sie sind ja wahnsinnig.«
Krag wandte sich der Wespenkönigin zu.
»Lasst Euch vom Gesäusel dieses Käfers nicht einwickeln, Majestät. Er ist ein Feind der Allianz und er muss sterben.«

»Wie du meinst, Kraggelchen«, erwiderte die Wespenkönigin kokett.
»Warten Sie!«, rief ich. »Ich kann Ihnen immer noch von Nutzen sein! Ich kann Clarissa für Sie finden!«
Krag schüttelte den Kopf und schenkte mir ein gar nicht wohlwollendes Lächeln. »Wäre Ihnen das etwas früher gelungen, wäre die Welt für Sie vielleicht noch in Ordnung. Vielleicht hätten wir Sie sogar am Leben gelassen. Aber Sie mussten Ihre neugierige Nase in Sachen stecken, die Sie nichts angehen.«
»Ich kann sie immer noch finden!«, sagte ich. »Ich habe bereits mit ihr gesprochen. Und ich hätte mehr herausgefunden, wenn Ihre Wespenfreunde nicht beschlossen hätten, mir Schwimmunterricht zu erteilen.«
»Das war ein kleines Missverständnis«, sagte Krag. »Den beiden war nicht bewusst, dass Sie in meinem Auftrag handelten. Was weitere Dienste Ihrerseits angeht, muss ich Ihnen bedauerlicherweise mitteilen, dass dafür kein Bedarf besteht. Ihre Zeit ist abgelaufen.«
Ein paar Wespen betraten den Raum. Zwischen ihnen eingekeilt war die Ameise, die als Clarissa bekannt war. Klein und verletzlich wirkte sie

zwischen diesen schwarzgelben, brutalen Kerlen. Ihre Augen huschten nervös über die königliche Kammer.

»Sie hielt sich beim Zaun versteckt«, erklärte eine der Wespen.

»Wunderbar!«, verkündete die Königin. »Damit wäre es dann wohl an der Zeit!«

»Zeit für was?«, wollte ich wissen, obwohl ich das ungute Gefühl hatte, dass mir die Antwort nicht gefallen würde.

»Zeit für euch beide zu sterben«, antwortete die Königin in bester Laune. »Wachen – bringt die zwei zur Spinne!«

Kapitel 14

Ich wurde von zwei grobschlächtigen Wespen ergriffen, die mich aus dem Stock zerrten. Sobald wir aus dem Eingang getreten waren, schwangen sie sich, mich in ihrer Mitte, in die Luft. Ich bemerkte eine weitere Wespe, die neben uns herflog und Clarissa trug.

Es war ein kurzer Flug. Wir sanken nach rechts ab und sausten dicht über den Komposthaufen, dann wurde ich unvermittelt losgelassen. Mir bleib keine Zeit, die Flügel zu entfalten; ich fiel wie ein Stein.

Etwas Weiches bremste meinen Sturz – etwas

Weiches und Tödliches. Es war das Netz der großen Spinne. Ich klebte sofort darin fest. Im nächsten Moment landete Clarissa an meiner Seite. Das Netz erzitterte. Clarissa stieß einen entsetzten Schrei aus, als ihr bewusst wurde, wo wir uns befanden. Sie zappelte verzweifelt, um sich zu befreien.

»Es hat keinen Zweck«, sagte ich. »Aus so einem Netz gibt es ohne fremde Hilfe kein Entkommen.«

Schließlich ließ sie das Zappeln sein. Wir waren beide Gefangene und es war nur eine Frage der Zeit, bis die Spinne aufkreuzte. Clarissa wandte mir den Kopf zu.

»Wie ... wie, sagten Sie noch, war Ihr Name?«, fragte sie.

»Wanze Muldoon«, antwortete ich. »Ich bin Privatdetektiv. Unter anderen Umständen würde ich sagen, dass es mir ein Vergnügen ist, Sie wieder zu sehen ...«

»Und was haben Sie mit dieser ganzen Sache zu tun?«

»Moment mal«, sagte ich. »Diese Frage sollte wohl ich stellen – was haben *Sie* mit dieser Sache zu tun?«

Clarissa blinzelte heftig. Sie schwieg, doch es war

offensichtlich, dass sie nach Worten suchte. Schließlich strömte es aus ihr heraus.

»Es war so schrecklich!«, rief die Ameise. »Bis vor ein paar Wochen war ich eine ganz normale Arbeiterin. Dem Nest zu dienen bedeutete mir alles. Doch plötzlich empfand ich … neue Gefühle. Als wäre das Nest nicht genug. Und dann waren da die anderen, denen es genauso erging und wir –«

»Über den Individualisten-Club weiß ich Bescheid«, unterbrach ich sie. »Erzählen Sie mir von Krag.«

Und so berichtete mir Clarissa, was geschehen war.

»Ich war unterwegs zu einem Treffen des Clubs. Ich nahm einen Umweg, um nicht entdeckt zu werden, abseits der bekannten Ameisenstraßen. Aber als ich an der Garagenwand entlangkrabbelte, bemerkte ich etwas Seltsames. Ich schlich näher heran und versteckte mich hinter einem Haufen Unkraut. Da war Kommandant Krag und er unterhielt sich mit ein paar Wespen. Sie lachten und sprachen von einer neuen Ordnung, die dem Attentat auf die alte Ameisenkönigin folgen würde. Das war das Wort, das sie benutzten – Attentat. Ich konnte es nicht glauben!

Krag wollte wissen, ob man der Wespenkönigin trauen kann – sie ist für ihre Unberechenbarkeit bekannt –, aber die Wespen lachten nur und sagten, sie könnten die Königin dazu bringen zu tun, was sie wollten.

Ich wollte mich davonstehlen, wurde aber bemerkt. Krag drehte sich um und sah mich. Jemand schrie ›Packt sie euch!‹, und schon flogen die Wespen auf mich zu. Neben mir befand sich ein Riss im Beton, in den krabbelte ich und lief davon. Unter den Ameisen gab es niemanden, den ich informieren konnte – ich hatte das Gesetz gebrochen, weil ich zum Treffen der Individualisten ging. Also versuchte ich, mit jemandem vom Club zu reden –«

»Leopold?«, fragte ich.

»Genau! Doch der meinte, bei unserer Vereinigung handele es sich schließlich um Individualisten, also solle ich das Problem als mein *persönliches* Problem betrachten. Ich glaube, er hatte einfach Angst.«

»Ich schätze, da haben Sie Recht«, stimmte ich ihr zu.

»Jedenfalls hielt ich mich in den folgenden Tagen vom Nest fern. In der Zwischenzeit bekam die Ameisenkönigin Wind von unserer Gruppe.

Sie war wütend. Als Krag davon erfuhr, folgerte er, dass ich eines der Mitglieder der Individualisten sein musste und dass ich zu einem Treffen unterwegs gewesen war, als er mich gesehen hatte. Er meldete sich freiwillig, um die Individualisten aufzuspüren. In Wirklichkeit wollte er nur mich finden – und mich zum Schweigen bringen.

Er setzte alle verfügbaren Truppen auf mich an, hatte aber kein Glück. Die Königin wurde unzufrieden und beschloss, den Fall einem Außenstehenden anzuvertrauen. An dieser Stelle kamen Sie ins Spiel. Von Krags wahren Absichten hatte sie natürlich keine Ahnung.

Krag war gar nicht glücklich darüber, dass Sie mit der Sache betraut wurden. Doch er dachte, wenn Sie mich fänden, würde ihm das eine Menge Arbeit ersparen. Sollten Sie dabei etwas über seine Verbindung zu den Wespen herausfinden, könnte er Sie jederzeit beseitigen lassen.«

Ich nickte. »Zu schade, dass er nicht daran dachte, seinen Wespenfreunden mitzuteilen, dass ich den Fall übernommen hatte – die hätten mich sowieso fast umgebracht, drüben am Teich.«

»Weil sie zu dem Zeitpunkt noch dachten, Sie würden sich ohne Grund einmischen«, sagte Clarissa und bestätigte damit, was Krag mir im Wespenstock erzählt hatte. Sie fuhr fort: »Jedenfalls war ich seitdem in Deckung gegangen und habe versucht zu überleben. Das war … sehr einsam. Es ist hart für eine Ameise, allein zu sein, selbst für eine individualistische Ameise.«

Ich versuchte mich an das zu erinnern, was die Königin der Ameisen über den Unterschied zwischen Alleinsein und Einsamkeit gesagt hatte. Es wollte mir nicht mehr einfallen.

»Eine Frage noch«, wollte ich wissen. »Wann soll das Attentat stattfinden? Wann wird die Ameisenkönigin sterben?«

»Am Mittag des Tages vor dem nächsten Vollmond. Wann ist das?«, fragte sie.

Ich seufzte. »Heute.« Ich blickte in den Himmel. Dem Stand der Sonne nach zu urteilen war der Mittag sehr nahe.

Das also war die Geschichte, dachte ich. In Wirklichkeit war es nie um die Individualisten gegangen. Krag hatte Clarissa lediglich finden wollen, damit sein verräterischer Plan zur Beseitigung der Königin nicht aufflog. Bei der jungen Königin, die ich im Ameisennest entdeckt hatte, musste es sich um den Ersatz für die alte handeln. Sie würde alles tun, was Krag von ihr verlangte. Dann würden Ameisen und Wespen gemeinsam ausrücken, dazu bereit, alles und jeden zu zerstören, der sich ihnen in den Weg stellte. Der Garten war dem Untergang geweiht und es gab nichts, was ich dagegen tun konnte. Ich war Spinnenfutter.

Eine plötzliche Bewegung riss mich aus meinen Gedanken. Etwas Dünnes, Braunes schob sich unter einer leeren Konservenbüchse hervor, die einige Schritt weit entfernt lag. War das ein Bein der Spinne? Clarissa und ich beobachteten den Vorgang in stiller Angst.

Doch was zum Vorschein kam, war keine Spinne. Es war ein Ohrwurm, und obwohl ich ihn nie zuvor gesehen hatte, erkannte ich ihn anhand der Beschreibung, die ich erhalten hatte.

»Hallo, Eddie«, sagte ich.

Kapitel 15

Eddie der Ohrwurm war fassungslos. Er wagte sich etwas weiter aus der Konservenbüchse.
»Woher ... woher kennen Sie meinen Namen?«, fragte er.
»Ich bin Privatdetektiv. Deine Brüder haben mich angeheuert, um nach dir zu suchen. Ich habe schlechte Arbeit geleistet. Ich dachte, du wärst als Spinnenfutter geendet.«
Als ich das Wort *Spinne* aussprach, erschauerte Eddie angewidert.
»Was haben Sie meinen Brüdern gesagt?«, fragte er.

»Dass du losgezogen bist, um dein Glück auf der Wiese zu machen.«

»Das war nett von Ihnen«, sagte Eddie. »Ich wette, das hat ihnen gefallen.«

»Klar hat es das. Also, wie wäre es damit, wenn du uns aus diesem Netz heraushilfst, Eddie?«

Der Kopf des Ohrwurms zuckte ruckartig von Seite zu Seite. Ich hatte es offensichtlich mit einem Insekt am Rande des Nervenzusammenbruchs zu tun. Er vermied es, mir in die Augen zu sehen.

»Das geht nicht«, sagte er. »Ich darf mich nicht einmischen. Das ist die Regel. Ich sehe nicht hin, wenn etwas im Netz passiert – darf es nicht. All die Krabbler, die aufgefressen werden ...«

Ich erkannte meine Chance.

»Aber das Zuhören kannst du nicht vermeiden, oder?«

Eddie nickte. »Die Schreie machen mich ganz fertig! Ich kann sie nicht ertragen. Erst betteln die Krabbler um Gnade. Die Spinne lacht sie nur aus. Dann beginnt sie zu fressen – dieses Saugen, die entsetzlichen Schlürfgeräusche und dann die Schreie ...! Seit ich hier bin, hat sie einige Dutzend aufgefressen.«

Mit angsterfülltem, gehetztem Blick sah er zu

mir auf. »Sie frisst nicht nur, weil sie Hunger hat – es macht ihr richtig Spaß.«

»Was hast du dann hier verloren?«, fragte ich.

Eddies Stimme war weich, voller Reue. »Früher hielt ich mich für die ganz große Nummer. Ich hing mit einer Bande von Wespen rum, erledigte dieses und jenes für sie. Eines Tages sagten sie dann, sie hätten einen größeren Job für mich. Sie sagten, zwischen Wespen und Ameisen würde sich etwas anbahnen … ein Plan. Ich fragte nicht weiter. Alles, was ich zu tun hatte, war, die Ohren aufzusperren und ihnen Bescheid zu geben, wenn irgendwelche Krabbler wegen des Plans misstrauisch wurden.«

»Und was geschah mit den Krabblern, die Verdacht schöpften?«

»Sie verschwanden. Die Wespen erzählten mir, sie würden in einen anderen Garten geschafft. Von diesem Ort hier habe ich nichts gewusst, ich war –«

»Was ging schief?« Ich wollte ihn zur Eile anspornen. Es gefiel mir nicht besonders, in diesem Netz zu kleben.

»Ein paar Krabbler von der Terrasse wurden misstrauisch«, sagte Eddie, »weil ich immer irgendwie in der Nähe war, wenn die Wespen jemanden fortschafften. Die Wespen meinten, ich würde den Plan gefährden, also brachten sie mich hierher und befahlen mir, auf Tauchstation zu gehen, bis sie mir neue Instruktionen erteilten. Sie sagten, die Spinne würde mich in Ruhe lassen, weil sie mit genug Futter versorgt würde. Sie hatten Recht. Die Wespen liefern die Krabbler an und die Spinne erledigt den Rest.«

Die Wespen benutzten also die Spinne dazu, jeden loszuwerden, der ihrem glorreichen Plan auf die Schliche kam. Ich musste zugeben, dass das kein schlechtes System war.

Jetzt hob Clarissa die Stimme. »Du musst uns helfen«, rief sie.

»Das ... das kann ich nicht«, sagte Eddie verzweifelt. »Die Wespen haben mir versprochen, sich nach Beginn der Neuen Ordnung um mich zu kümmern.« Es klang, als glaube er selbst nicht mehr an das, was er da erzählte. »Ich muss mich nur eine Weile bedeckt halten.«

Ich wagte einen Schuss ins Blaue. »Glaubst du im Ernst, die Spinne würde sich damit zufrieden geben, als angeheuerter Killer zu arbeiten? Denkst du nicht, dass sie viel mehr will als das?«

Eddie zitterte so sehr, dass er kaum sprechen

konnte. »Ich ... ich hab davon gehört, dass die Spinne irgendein neues Abkommen mit den Wespen geschlossen hat. Sie will gemeinsam mit Ameisen und Wespen regieren. Und wenn schon! Ich halte mich einfach bedeckt ...«

Ich wusste, dass eine Spinne wie diese sich nicht mit einem Teil der Herrschaft über den Garten zufrieden geben würde. Sie würde die Ameisen und Wespen die Dreckarbeit für sich erledigen lassen und dann würde sie den Laden übernehmen.

»Nur auf Tauchstation bleiben ...«, blubberte Eddie.

»Und dabei zuhören, wenn weitere Krabbler gefressen werden?«, wollte ich wissen. Dann sprach ich die magischen Worte aus. »Verrate mir eins, Eddie – was passiert, wenn der Nächste, der hier oben landet, dein Bruder Larry ist? Was wirst du dann tun, hm?«

Die Frage hing in der Luft wie eine Gewitterwolke. Eddie wand sich unter quälenden Zweifeln. »Selbst wenn ich helfen wollte«, sagte er, »könnte ich es nicht. Ich würde doch selbst am Netz kleben bleiben.«

»Nicht, wenn du einen der Glassplitter dort benutzt«, sagte ich. Ich nickte in Richtung einiger

Scherben, die über den Boden verstreut lagen. Eddie starrte sie an, ohne sich zu bewegen.

»BITTE«, flehte Clarissa und ihre Stimme bebte vor Furcht und Verzweiflung. Selbst ich war davon gerührt.

Eddie musste es ebenso ergehen. Langsam kroch er aus seiner Blechbüchse, ergriff einen der Glassplitter und näherte sich dem Netz.

»Ich muss verrückt geworden sein«, murmelte er, doch seine Augen verrieten, dass es die erste geistig gesunde Tat war, die er seit einer Ewigkeit vollbrachte. Er beugte sich vor und begann, vorsichtig die klebrigen Stränge des Netzes zu zerschneiden, von denen Clarissa festgehalten wurde. Es war eine knifflige Angelegenheit, doch nach ein paar Minuten war die Ameise befreit.

Jetzt wandte Eddie sich mir zu. Er zerschnitt den ersten Strang und sagte dabei etwas, doch ich hörte nicht, was. Ich war zu sehr damit beschäftigt, das anzustarren, was auf der anderen Seite des Komposthaufens aufgetaucht war. Die Spinne! Sie sah größer aus als je zuvor. Sie sah aus wie der Tod auf acht Beinen, und obwohl sie uns noch nicht gesehen hatte, schlug sie unsere Richtung ein.

»Beeil dich!«, zischte ich. Zwei meiner Beine waren frei, die anderen vier steckten noch fest. Eddie spürte meine Angst. Er blickte sich um und gefror zu Eis.

»Mach weiter!«, schrie ich. In Eddie kam neue Bewegung, er säbelte an den Strängen und murmelte dabei ein ständiges »O nein, o nein, o nein …«

Die Spinne hatte uns gesehen. Sie begann zu laufen. Ihre spindeldürren Beine verschmolzen zu einer einzigen Bewegung.

»Schneller!«, schrie ich.

»O nein, o nein, o nein …«

Vier Beine befreit, nur noch zwei – Clarissa krabbelte davon, so schnell ihre sechs Füße sie tragen konnten – die Spinne hatte den Gipfel des Komposthaufens erklommen und schoss auf der anderen Seite herab – »o nein, o nein, o nein«, jammerte Eddie, doch er ließ mich nicht im Stich.

Das Glas blitzte auf, ein weiteres Bein war frei – die Spinne war so nahe, dass ich ihr in die Augen sehen konnte –, ich versuchte Eddie durch reine Willensanstrengung dazu zu bringen, den letzten Strang zu zerschneiden, doch er ließ das Glas fallen!

Jetzt war die Spinne so nahe, dass ich ihren hungrigen Rachen sehen konnte, die Haare auf ihren langen Beinen! Eddie griff nach der Scherbe – die Spinne hetzte geradewegs auf ihn zu –, der letzte Strang zerriss mit einem vernehmbaren Schnappen und ich war frei, fiel stolpernd nach vorn – die Spinne hatte uns nahezu erreicht –, ich stürmte vorwärts – die Spinne fiel über Eddie her, der den Glassplitter beiseite warf.

»Lauf!«, schrie Eddie der Ohrwurm zwischen den mahlenden Kiefern der Spinne. Und dann rief er seine letzten Worte: »Sag meinen Brüdern, dass ... dass es mir Leid tut!«

Ich rannte, um Clarissa einzuholen. Ich drehte mich nicht um und ich versuchte nicht hinzuhören, als die Spinne zu fressen begann.

Kapitel 16

Die Sonne näherte sich unaufhaltsam ihrem Zenit. Uns blieb nicht viel Zeit. Ein einziges Mal hielten wir inne, versteckt hinter einem Büschel Unkraut, als eine Schwadron Wespen in V-Formation über uns hinwegflog. Die Wespen waren auf dem Weg zurück zu ihrem Stock.

Danach kamen Clarissa und ich schnell voran, zehn Minuten später hatten wir den Gartentisch erreicht, wo Wilma, Jake und Leopold uns besorgt erwarteten.

»Wanze!«, rief Wilma. Es klang, als sei sie erfreut, mich zu sehen, was mich mit einem gewissen Wohlbehagen erfüllte. »Wir dachten, du wärst tot! Wo bist du gewesen?«

»Überall und nirgends«, sagte ich. Ich stellte Clarissa vor und musste eine geschlagene Minute darauf verwenden zu erklären, was vorgefallen war.

Leopold sah Clarissa schuldbewusst an. »Entschuldige, dass ich nicht zuhören wollte«, sagte er. »Ich war ein solcher Feigling. Es tut mir Leid.«

»Spar dir deine Entschuldigungen für später«, schnappte ich. »Im Moment ist dafür keine Zeit. Das Schicksal des Gartens liegt in unserer Hand.«

»Das kann nicht Ihr Ernst sein«, sagte Leopold ungläubig. »Wir sind nur zu fünft. Was sollen wir gegen ein Heer von Tausenden ausrichten?«

»Das stimmt«, fiel Wilma ein. »Wir sollten uns keine allzu großen Hoffnungen machen.«

Ich musterte die um mich versammelten Krabbler mit einem langen Blick – eine zuckerabhängige Stubenfliege, eine tatendurstige Grashüpferin und zwei Ameisen mit künstlerischen Ambitionen. Leopold hatte sicherlich Recht – unsere Chancen standen schlecht. Vielleicht sollten wir uns in einen neuen Garten verkrümeln, solange uns noch Zeit dazu blieb. Es war nicht einmal so, dass ich diesen verkommenen Garten vermissen würde. Doch dann fiel mir Billy ein, der kleine Kerl, und ich wusste, mir blieb keine Wahl.

Eine wackelige Stimme erhob sich. »Ich stehe zu Wa-Wanze«, sagte Zucker-Jake. »Wir mü-mü-müssen es wenigstens v-versuchen.« Er krabbelte zu mir und baute sich neben mir auf.

»Er hat Recht«, sagte Clarissa. »Krag und die Wespen werden uns sowieso nicht davonkommen lassen.«

Wilma zuckte die Achseln. »Ach, was soll's? Es ist einfach eine zu gute Story, selbst wenn ich nicht am Leben bleibe, um sie erzählen zu können. Ich bin dabei.« Sie machte einen Hüpfer nach vorn.

Alle Augen ruhten auf Leopold. »Das ist doch Selbstmord!«, rief er. »Ich ... ich will nicht sterben.«

Wer will das schon?, dachte ich. Doch dann trat Clarissa einen Schritt vor. Ihre Stimme bebte.

»Hör zu, Leopold. Wir haben gerade erst die Freiheit gefunden, wir selbst zu sein. Aber das heißt nicht, dass wir die Freiheit haben, egoistisch zu handeln. Ein Individuum zu sein bedeutet nicht, ohne andere leben zu können. Man braucht auch Freunde, und das bedeutet, dass man Verantwortung übernimmt. Manchmal muss man seine eigenen Interessen hintanstellen und für seine Freunde kämpfen. Selbst wenn das bedeutet, sein eigenes Leben dafür zu riskieren …«

Es war eine ziemlich sentimentale Rede, doch ich spürte, dass sie von Herzen kam.

Und sie erfüllte ihren Zweck. Leopold senkte beschämt den Kopf. »Na gut … ich bin dabei«, murmelte er endlich. »Aber ich werde nichts Gefährliches tun, okay? Absolut nichts!«

»Okay«, willigte ich ein. »Also – wir werden so vorgehen: Krag und seine Truppen verüben den Anschlag auf die Ameisenkönigin um Punkt zwölf Uhr. Die meisten Ameisen sind zu dieser Zeit auf Nahrungssuche. Wenn sie den Alarm hören, werden sie zurückeilen, um die Königin zu verteidigen. Das wird der Moment sein, in dem die Wespen einen Luftangriff starten, um ihnen den Rückweg zum Nest abzuschneiden.« Ich nickte Jake und Wilma zu. »An dieser Stelle kommt ihr zwei ins Spiel.«

»Wa-was sollen wir tun, Wanze?«, fragte Jake.

Wilma hatte es bereits erraten. »Bis zwölf Uhr bleibt uns noch etwas Zeit. Wir werden mit so vielen Krabblern wie möglich sprechen. Wenn wir alle zusammentrommeln können – und damit meine ich wirklich ALLE –, können wir es vielleicht mit den Wespen aufnehmen.« Und ihr Lächeln verriet mir, dass sie ihr Bestes geben würde, selbst wenn unser Plan so viel Aussicht auf Erfolg hatte wie ein Schneeball in der Hölle.

»Und wo sind wir zu dieser Zeit?«, fragte Clarissa.

Ich sah sie und Leopold an.

»Ganz einfach«, sagte ich. »Unten im Nest.«

Kapitel 17

Natürlich war es nicht so leicht, ins Nest zu gelangen. Ich konnte nicht einfach dort hineinspazieren und um eine Audienz bei der Königin bitten. Keine drei Sekunden und eine Wache würde mich aufhalten.
Also drehten mich Clarissa und Leopold, als wir uns in der Nähe des Eingangs zum Ameisennest befanden, auf den Rücken. Ich zog die Beine an und verhielt mich so ruhig wie möglich. Wer mich sah, musste mich für tot halten.
»Du machst das gut«, sagte Clarissa aufmunternd. »Du siehst wirklich sehr tot aus.«

»Danke.«
»Denk daran«, riet mir Leopold, der sich als Experte in Sachen öffentlicher Auftritte betrachtete, »dass du das Totsein tief in dir fühlen musst!«
Die beiden Ameisen bugsierten mich auf den Eingang zu. Clarissa schob von hinten, vorne zog Leopold. Ameisen vermögen ein Vielfaches ihres Eigengewichts zu tragen, mich zu schieben machte den beiden also keine allzu großen Schwierigkeiten. Ich gab mein Bestes, mich ganz entspannt und tot zu fühlen.
Kurz darauf wurden wir langsamer, dann hielten wir an. Wir waren vorm Eingang angekommen.
»Bitte um Erlaubnis zum Betreten des Nests«, sagte Clarissa. Ihre Stimme verbarg jegliches Gefühl, doch ich spürte, wie sie zitterte.
Ich hörte die Stimme eines Wachsoldaten. »Erstatten Sie Meldung.«
Wieder war Clarissas Stimme flach und leblos. Es hörte sich seltsam an. »Wir sind am Teich auf diesen Käfer gestoßen«, sagte sie. »Wir haben ihn überwältigt. Sein Körper soll als Nahrungsquelle dienen.«
»Ihr zwei habt ihn allein überwältigt?«, erkundigte sich der Wachsoldat.

»Der Käfer war alt und schwach«, antwortete Clarissa. »Er lieferte keine nennenswerte Gegenwehr. Wir hatten leichtes Spiel.«

Bleib bloß auf dem Teppich, dachte ich, mich immer noch tot stellend. *Nur nicht zu dick auftragen!*

Die wenigen Sekunden, die der Wachsoldat zum Nachdenken brauchte, dehnten sich zu einer Ewigkeit.

Doch alles, was er sagte, war: »Erlaubnis zum Betreten des Nests erteilt.« Und schon wurde ich weitergeschleift, als es einmal mehr nach unten ging, in die dämmerigen Tiefen des Nests.

Nach unten, nach unten … Ich hielt die Augen fest geschlossen, doch ich vernahm die gleichförmigen Schritte anderer Ameisen, die in den Gängen an uns vorbeimarschierten. Irgendwann mussten wir uns in einem verlassenen Abschnitt aufhalten, denn Clarissa flüsterte: »Sag mal, wie viel wiegst du eigentlich?«

»Nur keine Beschwerden«, antwortete ich. »Denkt dran, ich bin alt und schwach. Ihr hattet keine Schwierigkeiten damit, mich umzubringen. Also sollte es euch ein Leichtes sein, mich durch die Gegend zu schieben.«

Leopold murmelte etwas Unverständliches. Dann setzten wir unseren Abstieg fort.
Schließlich hielten wir an.
»Okay«, flüsterte Clarissa. »Du kannst jetzt aufstehen. Die Luft ist rein.«
Sie packten mich bei den Flügeldecken und wuchteten mich auf die Beine. Meine Augen brauchten einen Moment, um sich der Dunkelheit anzupassen. Ich sah in die ernsten Gesichter meiner Begleiter. Die weiße Zeichnung auf Clarissas Kopf war so bleich wie der Mond. Ich fragte mich, ob ich den echten Mond jemals wieder oben am Nachthimmel stehen sehen würde.
»Bis jetzt habt ihr gute Arbeit geleistet«, sagte ich. Leopold schnaubte verächtlich. Die ganze Aktion schien ihm keinen großen Spaß zu machen.
Clarissa nickte nur langsam und deutete dann auf einen hinter mir gelegenen Tunnel.
»Der führt in die königlichen Gemächer«, sagte sie. »Es ist der Eingang für die Putzkolonne, du solltest dort niemandem begegnen. Sei trotzdem vorsichtig.«
»Und ihr zwei?«, fragte ich.
»Wir werden versuchen, so viele Individualisten wie möglich zusammenzutrommeln«, betete

Clarissa zum zwanzigsten Mal den Plan herunter. »Anschließend machen wir uns auf den Weg zur Möchtegern-Königin.«
»Gut«, sagte ich. »Dann also los.« Ich wandte mich um, bereit, in den Tunnel zu verschwinden, der zu den Gemächern der Königin führte.
»Warte!«, rief Leopold. »Hast du nicht etwas vergessen?« Er klang weniger ängstlich als vielmehr eingeschnappt.
Meine Gedanken überschlugen sich. Unser Plan war vielleicht nicht besonders gut, aber wir waren ihn wieder und wieder durchgegangen. Hatte ich irgendetwas übersehen?
»Du hast uns kein Glück gewünscht«, tönte Leopold beleidigt.
Ich lächelte. »Ich schätze, wir brauchen ein bisschen mehr als das«, sagte ich. »Trotzdem … Viel Glück!«
Und damit trennten sich unsere Wege. Wir verteilten uns auf die dunklen Gänge. So schnell ich konnte, rannte ich durch den Tunnel, angetrieben von zahllosen Ängsten: *Kam ich womöglich schon zu spät? Würden Wilma und Jake die Wespen im Kampf um das Nest besiegen? Würde die Ameisenkönigin diesen Tag überleben? Würde* ich *diesen Tag überleben?*

Diese Gedanken beschäftigten mich so sehr, dass ich, als die Ameise vor mir auftauchte, völlig überrascht war.

»Halt!«, schnappte sie. »Was suchen Sie –«

Das war nicht der Moment für eine Unterhaltung. Wenn der Kerl zu Krags Truppen gehörte, musste ich ihn loswerden. Selbst wenn er *nicht* dazugehörte, blieb mir keine Zeit für Erklärungen. Ich gab ihm eins auf die Rübe – er sackte bewusstlos in sich zusammen.

»Wenn du ein Anhänger der Königin bist«, sagte ich, als ich mich an der bewusstlosen Gestalt vorbeidrängte, »dann schlaf gut, Kumpel. Und hoffen wir, dass du bis zur Siegesfeier wieder erwacht bist.«

Weiter lief ich durch den Tunnel. Und weiter. Als ich gerade überlegte, ob ich vielleicht irgendwo eine falsche Abzweigung erwischt hatte, tönten mir Geräusche entgegen. Der Tunnel wurde breiter, dann öffnete er sich in eine große, ihm angegliederte Halle.

Ich krabbelte bis zur Tunnelmündung, schob vorsichtig den Kopf nach vorn und sah in die königlichen Kammern des Nests.

Sie war zum Bersten gefüllt mit Ameisen. Die Königin war gerade dabei, einen Teil ihrer Trup-

pen abzuschreiten. Jeden Tag inspizierte sie eine andere Abteilung des glorreichen Ameisenheeres. Heute handelte es sich um Krags Division, seine Männer füllten die ganze Kammer.
Krag selbst stand ein wenig abseits. Er tat so, als lausche er höflich der Königin, doch ich konnte erkennen, dass er zum Handeln bereit war. Die gespannte Erwartung ließ ihn beinahe erschauern.
Erleichtert bemerkte ich, dass auch eine ganze Reihe königlicher Leibwächter anwesend waren. Zahlenmäßig waren sie Krags Truppen weit unterlegen, doch wenigstens für eine Weile würden sie sich ihnen im Kampf entgegenstellen.
»Höchst befriedigend«, sagte die Königin. »Das wäre dann alles, Kommandant Krag.«
»Noch nicht ganz«, höhnte Krag. Dann schrie er: »SOLDATEN! UNSERE ZEIT IST GEKOMMEN! ANGRIFF, ZUM RUHME DES NESTS! TÖTET DIE KÖNIGIN!«
Mit einem gewaltigen Schrei, der einem das Blut in den Adern gefrieren ließ, stürmten seine Truppen nach vorn.
Ich stöhnte auf. Der Kampf begann …

Kapitel 18

In der Kammer regierte das Chaos. Dutzende von Krags Leuten drängten mit gefährlich schnappenden Kieferscheren nach vorn, einer Woge der Vernichtung gleich.

Ich hörte die Königin ein überraschtes Keuchen ausstoßen. Ihre Leibwächter nahmen sie sofort schützend in ihre Mitte und formierten sich zu einem Verteidigungswall.

Ein schreckliches Krachen ertönte, als die beiden Streitmächte aufeinander trafen, dann begann die Schlacht Mann gegen Mann. Es war ein erbarmungsloses Gefecht, die Kammer hallte

wider von schmerzgepeinigten und triumphierenden Schreien. Ameise kämpfte gegen Ameise, schon bald war der Boden übersät mit den Körpern der Gefallenen.
Ich stürzte aus meinem Versteck, ergriff die erstbeste Ameise – einen von Krags Männern – und schleuderte sie zur Seite. Eine zweite Ameise warf sich auf mich, beißend, stechend, Säure verspritzend. Kein guter Zug – es gelang ihr nicht, meine gepanzerten Flügeldecken zu durchdringen. Ich wirbelte herum und schleuderte sie von mir, direkt in zwei ihrer Kameraden.
Ich konnte Krag selbst am entfernten Ende der Kammer sehen. Er stand auf einer Erhebung des Bodens, die ihm den Überblick über das gesamte Schlachtfeld ermöglichte. Er brüllte seinen Soldaten Anweisungen zu. Ich wünschte mir, ihm näher zu sein – nichts schien mir in diesem Moment wünschenswerter, als Krag seinen kleinen Ameisenhals umzudrehen.
Ich senkte den Kopf und kämpfte und boxte mich durch das Gewimmel, bis ich bei den Leibwächtern angekommen war, die ihre Königin verteidigten. Mein Auftauchen schien sie in Verwirrung zu stürzen, voller Angriffslust blickten sie mir entgegen, als hinter ihnen die feste

Stimme der Königin erklang. »Er ist auf unserer Seite! Willkommen im Krieg, Mister Muldoon!«
Während ich Seite an Seite mit der Leibwache kämpfte, wurde mir bewusst, dass ich die Ameisen falsch eingeschätzt hatte. Ich hatte sie mir immer als kalt und gefühllos vorgestellt, doch die Soldaten der königlichen Leibgarde kämpften mit einer Leidenschaft und Tapferkeit, die mich sprachlos machten. Sobald einer von ihnen fiel, nahm ein anderer seinen Platz ein und sie kämpften ohne zu ermüden, während Welle um Welle von Krags Truppen gegen unseren Verteidigungsring brandete.
Doch trotz ihres heldenhaften Einsatzes begann das Blatt sich zu wenden. Krags Truppen waren uns zahlenmäßig weit überlegen. Erste Lücken klafften im Verteidigungsring. Es war nur eine Frage der Zeit, bis die Königin schutzlos war, schoss es mir durch den Kopf, während ich einen weiteren Angreifer abwehrte. Krag würde siegen!
Doch dann geschah es – ein mächtiger Aufschrei ertönte, als frische Streitkräfte im Eingang zur königlichen Kammer auftauchten: »FÜR DIE KÖNIGIN UND DAS NEST!« Es waren die Ameisen, die auf Nahrungssuche gewesen waren.

Der Versuch der Wespen, sie an der Rückkehr ins Nest zu hindern, war fehlgeschlagen! Die königstreuen Ameisen waren gekommen, um ihrer Herrscherin beizustehen. Wilma hatte es geschafft!
Ich lachte laut. »Wilma, ich liebe dich! Ich werde nie wieder etwas gegen Grashüpfer sagen!«
Die neuen Truppen fielen über Krags Männer her, die sich jetzt gezwungen sahen, an zwei Fronten zu kämpfen. Die Schlacht tobte weiter. Irgendwann fiel mir auf, dass Krag seinen Aussichtspunkt verlassen hatte, doch ich hatte keine Zeit, weiter darüber nachzudenken – ich war zu sehr damit beschäftigt, zwei mich attackierende Ameisen abzuwehren.
Ich habe keine Ahnung, wie lange der Kampf dauerte. Es kam mir vor wie eine Ewigkeit. Doch schließlich kam der Augenblick, in dem ich bemerkte, dass die meisten von Krags Soldaten sich entweder ergeben hatten, davongelaufen oder getötet worden waren. Wer jetzt noch kämpfte, wurde umzingelt und überwältigt. Es war vorüber – das Attentat war gescheitert.
Eine hochmütige Stimme ertönte. »Mister Muldoon!« Es war die Königin. »Wie reizend von Ihnen vorbeizuschauen. Angesichts der neues-

ten Entwicklungen wäre vielleicht jetzt der geeignete Zeitpunkt, mir zu berichten, welche Fortschritte Ihre Untersuchungen machen ...«

Ich erzählte ihr alles, was ich über Krags Plan wusste.

»Mich töten? Aber ein Nest kann ohne Königin nicht existieren!«, protestierte sie.

»Dort haben Sie Ihre Antwort«, sagte ich. Ich zeigte auf den Seiteneingang, wo Leopold und Clarissa mit einigen ihrer Freunde aus dem Club der Individualisten aufgetaucht waren. Sie zerrten die junge Königin hinter sich her.

»Krag wollte eine neue Königin auf den Thron setzen«, erklärte ich. »Doch die wahre Macht hätte in seinen Händen gelegen.«

Die alte Königin studierte ihre junge Rivalin. »Bringt sie näher!«, befahl sie.

Die Wachen teilten sich, als Clarissa, Leopold und die junge Königin sich der Monarchin näherten. In den Augen der jungen Königin lag ein schläfriger, abwesender Ausdruck, als begreife sie nicht, was um sie herum passierte. Dicht vor der alten Königin hob sie den verträumten Blick. Plötzlich verzog sich ihr Gesicht zu einer Maske blanken Hasses.

»Tod der Königin!«, kreischte sie. »Lang lebe die

neue Königin!« Sie stürzte sich auf die alte Herrscherin, den tödlichen Stachel zum Zustechen bereit.

Clarissas Arme schnellten vor, um sie festzuhalten, doch es war bereits zu spät. Keiner der Wachen war nah genug. Ich selbst stand zu weit entfernt. Der Einzige, der etwas unternehmen konnte, war Leopold: Leopold, der zu große Angst gehabt hatte, Clarissa auch nur zuzuhören. Leopold, der gesagt hatte, das Wohl der Königin bedeute ihm nichts. Leopold, der sich geweigert hatte, auch nur der kleinsten Gefahr ins Auge zu blicken.

Doch Leopold zögerte nicht. Ohne auch nur einen Gedanken an seine eigene Sicherheit zu verschwenden, warf er sich nach vorn, zwischen die beiden Rivalinnen. Der Stachel der jungen Königin blitzte auf und senkte sich in Leopolds Brust. Sekunden darauf hatten zwei Wachen die immer noch schreiende junge Königin ergriffen und führten sie ab. Doch für Leopold kam jede Hilfe zu spät. Er lag zu Füßen der alten Königin, deren Leben er soeben gerettet hatte. Voller Trauer sah sie auf ihn herab. »Wirklich und wahrhaftig, das war eine Ameise, die das Wohl des Nests vor ihr eigenes gestellt hat«, sagte sie.

Leopold lag keuchend am Boden. Es war offensichtlich, dass er starb. Seine Stimme war schwach, als er sein letztes Gedicht aufsagte.

»Sterb ich denn hier
Im Kreis des Nestes,
Dann denkt daran,
Ich gab mein Bestes,
Um nicht zu sein
Wie jedermann.
Und so lebt wohl
…«

Er unterbrach sich. »Ehm, was reimt sich auf ›jedermann‹?«, fragte er.
»Löwenzahn?«, schlug eine der Wachen vor.
»Wasserhahn?«, meinte ein anderer.
»Ja, ja«, sagte Leopold ungeduldig, »aber in der letzten Zeile meines Sterbegedichts gibt das doch keinen Sinn, oder?« Seine Stimme klang jetzt kräftiger.
Ich trat näher an ihn heran. »Sag mal, wie stark verletzt bist du überhaupt?«, fragte ich. Ich konnte keine Wunde entdecken. Vielleicht war der Stich danebengegangen.
Leopold untersuchte seinen Körper, von dem er

angenommen hatte, dass er dem Tode geweiht war. Versuchsweise strampelte er mit allen sechs Beinen.
»Ich kann sie bewegen!«, rief er. »Ich werde überleben! Ein Wunder!«
Er war verblüfft angesichts dessen, was er getan hatte. Mir fehlte die Zeit, es ihm zu erklären. Sollte er es selbst herausfinden – eine der wichtigsten Arten, sich selbst auszudrücken, besteht darin, sich für das einzusetzen, was man als Recht empfindet.
Ich grinste. Ich hätte nicht geglaubt, dass in Leopold auch nur ein Fitzelchen Selbstlosigkeit stecken könnte. Und wer hätte gedacht, dass er einmal ein Held sein würde? Vielleicht gab es doch noch Hoffnung für den Garten.
Ich wandte mich der Königin und ihrem Gefolge zu. »Wo ist Krag?«, rief ich.
Eine der königlichen Wachen trat vor. »Er hat sich mit einer Einheit seiner Elitesoldaten aus dem Staub gemacht«, sagte er. »Sie sind dort verschwunden.« Er zeigte auf einen der Tunnel.
Ich rannte los.

Kapitel 19

Ich bewegte mich mit einer Geschwindigkeit durch den Tunnel, von der ich selbst überrascht war. Es war der Gedanke an Krag, der mir Ansporn verlieh. Krag, der Verräter. Krag der Attentäter. Ich konnte ihn nicht ungeschoren davonkommen lassen.

Krag musste gespürt haben, dass er verfolgt wurde. Er beschloss, stehen zu bleiben und zu kämpfen. Ich umrundete eine Ecke und fand mich in einer kleinen Kammer wieder, wo ich von Krag und sechs Soldaten seiner Elitetruppe erwartet wurde. Krag stand in vorderster Reihe.

»Endlich, Muldoon«, höhnte er. »Auf diesen Augenblick habe ich gewartet, seit wir einander das erste Mal gesehen haben. Der Plan mag fehlgeschlagen sein, aber es wird mir ein Vergnügen sein, dich auseinander zu nehmen ...«

Er trat vor, gefolgt von seinen Männern. Ich wusste, dass ich keine Chance gegen sie hatte – innerhalb von Sekunden würden sie über mich hergefallen sein, würden stechen und beißen und das wäre das Ende eurer teuren Wanze Muldoon, Privatdetektiv. Aber ich würde aufrecht und im Kampf sterben.

Dann aber kam mir eine Idee. Keine besonders großartige, doch etwas Besseres fiel mir nicht ein. Ich wandte mich nicht an Krag, sondern an die Ameisen, die hinter ihm standen.

»Wartet!«, rief ich. »Hört ihn euch an! Hat das noch etwas mit den Interessen aller Ameisen zu tun? Von Anfang an hat Krag nur zu seinem eigenen Vorteil gehandelt, war er auf seinen eigenen Ruhm bedacht. Er wollte nicht das Nest mächtiger machen, indem er die Königin absetzen wollte – er wollte selbst mächtiger werden.«

»Hört nicht auf den Unsinn, den dieser Käfer erzählt«, spuckte Krag. »Angriff! Tötet ihn! Reißt ihn in Stücke!«

Doch die Ameisen rührten sich nicht. Sie sahen einander an, ihre Füße scharrten verlegen über den Boden, aber sie bewegten sich keinen Schritt weiter auf mich zu.

»Idioten!«, schrie Krag. »Versteht ihr denn nicht? Er ist mein Feind! Ihr müsst ihn zur Strecke bringen!«

Ich nutzte meinen Vorteil. »Habt ihr das gehört?«, fragte ich. »Er hat ›mein‹ Feind gesagt, nicht ›euer‹ Feind. Krag ist der schlimmste Individualist von allen, und *er* ist nicht mit dem Insektengift in Berührung gekommen. Er redet vom Ruhm für das Nest, doch alles, was er will, ist Ruhm *für sich* selbst. Er ist verrückt nach Macht!«

Die Ameisen gaben keinen Mucks von sich. Die Atmosphäre war so gespannt, dass man darauf hätte Trampolin springen können. Dann, einer nach dem anderen, kehrten die Soldaten Krag und mir ihre Rücken zu. Es war eindeutig – diese Ameisen würden heute nicht mehr kämpfen.

Krag schäumte vor Wut, doch er wusste, dass er mir als Einzelkämpfer nicht gewachsen war. Er wusste, dass er verloren hatte.

»Dafür kriege ich dich noch, Muldoon, du schnüffelnder Käfer!«, schrie er.

Ich lächelte. »Ganz schön große Lippe für eine so kleine Ameise.«

Er sah mir direkt in die Augen. »Ich komme wieder«, sagte er. »Dieser Garten wird noch an mich denken!« Damit schoss er durch einen kleinen Nebentunnel davon. Ich versuchte, ihm zu folgen, doch der Gang war zu niedrig für mich. Das Letzte, was ich von Krag sah, waren seine Hinterbeine, als er in die Dunkelheit krabbelte, einem Schicksal entgegen, das wer weiß was für ihn bereithalten mochte. Hoffentlich etwas Schlechtes.

Ich wandte mich ab, um in die königliche Kammer zurückzugehen. Eine Stimme ließ mich innehalten.

»Mister Muldoon?« Es war eine der Ameisen, die Krag bewacht hatten.

»Mein Name ist Wanze«, sagte ich.

»Sie hatten Recht, Wanze«, sagte die Ameise. »Manchmal reicht es nicht, dass eine Ameise nur Befehle befolgt. Manchmal muss sie für sich selbst denken und eine Entscheidung treffen.« Sie sah ihre Begleiter an. »So, wie wir es eben getan haben.«

»Sollte ich dich kennen?«, fragte ich. Eine Ameise sieht meist aus wie die andere, doch

dieser Typ kam mir bekannt vor. Plötzlich fiel es mir ein.
»Ich heiße Frank«, lächelte er. Er war der Soldat, der mich ins Nest hinabgeführt hatte, an jenem Tag, als alles anfing. »Kann ich Ihnen irgendwie behilflich sein?«
Ich nickte. »Zeig mir den schnellsten Weg nach oben. Ich hab da noch ein bis zwei Dinge zu erledigen.«

Es war eine Erleichterung, endlich wieder an der Erdoberfläche zu sein, die Sonne auf meinem Gesicht zu spüren. Auf das, was mich hier draußen erwartete, war ich allerdings nicht vorbereitet.
So, wie der Kampf unten, in den Tiefen des Nests, getobt hatte, so war auch hier oben eine schreckliche Schlacht geschlagen worden. Tote und Verwundete beider Parteien lagen im Gras verstreut – Wespen auf der einen Seite, Krabbler der verschiedensten Insektenarten, die den Garten bevölkerten, auf der anderen.
Unübersehbar hatte es sich um einen fürchterlichen Kampf gehandelt, doch die Wespen hatten ihn verloren. Sie mussten sich in ihren Stock zwischen den Wurzeln des Baums beim Zaun

zurückgezogen haben. Inzwischen waren die anderen Insekten damit beschäftigt, ihre Verwundeten zu versorgen. Einige suchten nach Freunden, die sie unter den Gefallenen vermuteten. Niemand war in Siegerlaune – stattdessen hing eine Art Müdigkeit in der Luft. Das überraschte mich nicht. Ein Krieg hat eine solche Wirkung. Ich bahnte mir meinen Weg durch eine Gruppe von Rinderbremsen, die bereits versuchten, sich gegenseitig mit Kampfgeschichten zu überbieten. Eine bekannte Stimme rief meinen Namen. Ich drehte mich um und sah Larry, den älteren Bruder von Eddie, dem Ohrwurm. Ich winkte ihm zu. Ich hatte Larry für einen Typen von der etwas behäbigeren Sorte gehalten – ich war froh, dass er, als es darauf angekommen war, tapfer seinen Mann gestanden hatte. Wenn das alles hier vorüber war, würde ich ihm mitteilen, dass er stolz auf seinen Bruder Eddie sein konnte. Doch im Moment hatte ich andere Sorgen.

Ich entdeckte sie ein Stück weiter voraus, und die unglaubliche Erleichterung, die ich empfand, überraschte mich – Wilma. Sie sprach mit einem Marienkäfer, dem während des Kampfes ein Flügel gebrochen worden war. Ich gesellte mich dazu.

»Wanze«, sagte sie. »Nett von dir, zur Party zu kommen, aber den größten Spaß hast du verpasst.«
»Keine Sorge. Die Party unten im Ameisennest war auch nicht übel«, erwiderte ich. »Clarissa und Leopold sind wohlauf. Jake?«
»Dem geht es gut«, antwortete Wilma. »Er hat jede Fliege im weiten Umkreis zusammengetrommelt – das hättest du sehen müssen, Wanze. Im Gras kämpften Ohrwürmer Seite an Seite mit Kakerlaken und Ameisen, am Himmel erhoben sich Stubenfliegen, Hummeln und Schmeißfliegen in gemeinsamer Kampfformation. Es war wunderschön! Die Wespen haben sich wacker geschlagen, aber sie hatten keine Chance.«
»Schätze, das gibt eine gute Story«, sagte ich.
Wilma und ich überblickten den Garten. Am anderen Ende des Rasens lag der Mann aus dem Haus bequem in einem Gartenstuhl.
»Glaubst du, er hat eine Ahnung davon, was hier passiert ist?«, fragte Wilma.
Ich schüttelte den Kopf. »Die Menschen sind zu dumm, um zu bemerken, was um sie herum vorgeht. Wahrscheinlich denkt er nur, es wäre ein schöner Sommernachmittag.«
»Na ja, vielleicht ist es das jetzt«, sagte Wilma.

»Ich meine, jetzt können wir doch wieder zum Alltag zurückkehren, oder? Es ist vorbei.«

Ich war versucht, ihr zuzustimmen. Der Garten sah so schön aus im Licht der Nachmittagssonne: das vibrierende Grün des Rasens, die Farbtupfer in den Blumenbeeten. Fast konnte man sich zu der Annahme verleiten lassen, es handele sich um ein nettes Plätzchen. Fast, aber nicht ganz.

Ich wusste, dass es *nicht* vorbei war.

»Noch nicht«, sagte ich. »Es gibt da noch etwas, das getan werden muss, und das muss ich allein erledigen ...«

»Was denn?«, fragte Wilma, doch ein Blick in ihr Gesicht sagte mir, dass sie es bereits wissen musste.

»Ich werde die Spinne töten«, sagte ich.

Kapitel 20

Als ich den Schauplatz des Gefechts hinter mir ließ, konnte ich nicht glauben, dass die Sonne so fröhlich schien, als sei nichts Außergewöhnliches geschehen. Es kam mir so falsch vor. Der Mann aus dem Haus saß noch immer auf seinem gestreiften Liegestuhl. Eine Zeitung lag über seinen Beinen, doch er las sie nicht. Er schlief. Sein Kopf war zur Seite gerollt, er stieß explosionsartige Schnarchlaute aus.

Ich musterte ihn mit einem langen, harten Blick und grübelte: *Du hast keine Ahnung von dem, was im Garten vorgeht, oder? Du hast ein* Sonnenbad *genommen, während in deiner unmittelbaren Nähe ein Attentat verübt werden sollte und das Militär den Umsturz plante. Praktisch ein Krieg! Wenn Unwissenheit wirklich glücklich macht, dann musst du ein verdammt glücklicher Kerl sein.*

Ich schüttelte den Kopf und marschierte weiter in südliche Richtung – dorthin, wo der Komposthaufen lag. Nach Süden, dem dunklen Reich der Spinne entgegen.

Als ich dort ankam, fand ich die achthaarige Bestie in tiefem Schlaf. Ihr großer, fetter Körper lag halb versteckt im Schatten, zusammengesackt in einem entfernten Winkel des Netzes. Ich dachte daran, wie es sich angefühlt hatte, in dieser Todesfalle zu kleben. Nicht gerade eine meiner Lieblingserinnerungen.

Ich betrachtete diese riesige, haarige Spinne und überlegte, wie viele Insekten des Gartens sie bereits auf dem Gewissen hatte. Dann dachte ich daran, wie viele weitere Insekten sie noch töten würde, wenn nicht jemand sie aufhielt. Und dieser Jemand war ich.

Ich fühlte, wie Wut auf die Spinne in mir hochkochte.

Meine Sicht der Dinge ist ungefähr diese: Jeder

muss fressen, und eine Menge Insekten und Spinnen fressen nun mal andere lebende Kreaturen – vorzugsweise solche, bei denen sie selbst nicht auf dem Speiseplan stehen. Ich will das nicht bewerten. Die Dinge sind nun einmal so.

Doch mit dieser Spinne verhielt es sich anders. Das Töten bereitete ihr Vergnügen. Okay, sie hatte den Wespen und Krags verräterischen Ameisen als Komplize gedient. Doch ich wusste, dass sie die Morde trotzdem begangen hätte, mit Vergnügen, aus purem Spaß an der Freude. Für sie war Morden eine Freizeitbeschäftigung. Und ich wusste, dass die Spinne, auch wenn der Plan der Wespen fehlgeschlagen war, vor nichts Halt machen würde. Nicht, bevor sie nicht den ganzen Garten in ihrer Gewalt hatte.

Meine Zeit war gekommen.

An dieser Stelle einige Worte über den Goliathkäfer: Sein Körper kann eine Gesamtlänge von sechzehn Zentimetern erreichen und er ist genauso stark wie er groß ist. Ein Käfer dieser Größe kann es spielend mit einer Spinne aufnehmen.

Unglücklicherweise bin ich *kein* Goliathkäfer. Die Spinne war größer als ich, schneller als ich und ungleich gefährlicher. (Sie war auch haariger

als ich, aber ich schätze, das tut nichts zur Sache.)
Dennoch hatte ich einen Vorteil – meinen Grips. Ich verließ mich darauf, die alte Spinne jederzeit ausstechen zu können.
Als Erstes musste ich ihre Aufmerksamkeit auf mich lenken. Ich ergriff einen kleinen Halm und hieb damit ein paar Mal auf die Außenstränge des Netzes ein. Das ganze klebrige Gebilde erzitterte. Im selben Moment, in dem die Spinne die Vibrationen spürte, schnellte sie auch schon aus ihrem Versteck.
Sie starrte mich an und ich glaubte, in ihren toten Augen leichte Verwunderung zu entdecken. Vermutlich war sie nicht daran gewöhnt, dass ein Käfer aufkreuzte und sich ihr auf dem Silbertablett als Abendessen anbot. Die Spinne begann, sich auf mich zuzubewegen.
Ich setzte mein freundlichstes Grinsen auf, ließ den Halm fallen, drehte mich um und rannte um mein Leben. Ich spurtete durch das Unterholz, kämpfte mir einen Weg durch Unkraut und Strauchwerk. Ich warf einen raschen Blick über die Schulter – die Spinne hatte mit ihrem staksigen achtbeinigen Gang die Verfolgung aufgenommen. Sie war die Schnellere von uns beiden,

daran bestand kein Zweifel, doch ich war kleiner als sie und konnte durch Lücken schlüpfen, die meinen Jäger behinderten.
Endlich dehnte sich der Rasen vor mir aus. An dieser Stelle wurde mein Plan riskant – auf offener Fläche würde mich die Spinne innerhalb kürzester Zeit eingeholt haben ...
Ich senkte den Kopf und stürmte durch das frisch gemähte Gras. Nicht für eine Sekunde wagte ich mich umzusehen und dadurch meinen Lauf zu bremsen. Das war auch nicht nötig – jeder einzelne Nerv in meinem Körper schrie mir zu, dass die Spinne aufholte. Doch ich widerstand der Versuchung zu fliegen. Ich hetzte weiter.
Ich warf einen Blick nach vorn, um zu sehen, ob er noch dort war. Da war er – der Mann aus dem Haus, der mitten auf dem Rasen in seinem Liegestuhl saß. Er schlief noch immer. Ich lief direkt auf ihn zu. Jetzt war es nicht mehr weit und das war gut so, denn ich verlor an Geschwindigkeit.
Ich hatte mein Ziel so fest vor Augen, dass ich die Mulde im Boden erst bemerkte, als es bereits zu spät war. Ich stürzte kopfüber hinein und nur mit Mühe gelang es mir, nicht auf dem Rücken zu landen.
Als ich mich gerade dazu beglückwünschte,

haarscharf an einer Katastrophe vorbeigeschlittert zu sein, türmte sich die Spinne über mir auf. Sie war noch schneller über den Rasen gelaufen, als ich mir vorgestellt hatte. Ich stieß ein schreckliches Zischen aus, während Bilder von Untergang und Verhängnis durch meinen Kopf schossen.

Ich klappte die Flügeldecken auf, um zu fliegen; eher ein Reflex als eine überlegte Handlung. Wahrscheinlich dachte ich, wenn ich einfach davonflog, würde ich mich eine gute Ecke länger im täglichen Kampf um das Dasein schlagen können. Die Spinne schnellte vor. Sie erwischte eine meiner entfalteten Flügeldecken und versuchte, mich daran zurückzuzerren. Ich fühlte, wie mir die komplette Flügeldecke in einem Stück vom Rücken gerissen wurde. Es tat nicht ganz so weh, wie man vielleicht erwarten sollte. Allerdings ist es auch keine Erfahrung, die ich weiterempfehlen kann.

Ich ergriff die Gelegenheit beim Schopf und flog dahin wie der Wind. Dumpfer Schmerz breitete sich an der Stelle aus, wo der Flügel abgerissen war. Ich befahl mir, ihn nicht zu beachten und weiterzurennen. Die Spinne war mir dicht auf den Fersen.

Ich bezweifelte schon, es jemals zu schaffen, doch dann hatte ich mein Ziel erreicht – der Mann aus dem Haus. Er schnarchte noch immer und seine Beine waren überkreuzt, sodass nur einer seiner Füße Kontakt mit dem Boden hatte. Mit einem gewaltigen Satz landete ich auf der abgewetzten Spitze eines Arbeitsschuhes. Ich hastete die Vorderseite entlang nach oben, ständig darauf bedacht, nicht in eines der Löcher für die Schnürsenkel zu geraten. Unter mir erklomm nun auch die Spinne den Schuh.

Jetzt war ich am oberen Ende des Schuhs angekommen. Ich blickte das Hosenbein des Mannes hinauf. Sein behaartes, weißes Bein verlor sich in der aufsteigenden Dunkelheit. Eine schreckliche Vorstellung, dort drinnen verloren zu gehen.

Stattdessen schnellte ich nach vorn und klammerte mich an den Saum des Hosenbeins. Eine kurze Drehung und ich lief an der Außenseite der Hose empor. Knapp unterhalb des Knies war mir der Weg durch das darüber liegende zweite Bein des Mannes versperrt. Ich sprang auf dieses Bein und kletterte auf die Kniescheibe. Dann blieb ich stehen und wandte mich um. Mir war die Puste ausgegangen – hier würde ich mich dem Feind entgegenstellen.

Einige unendliche Sekunden später tastete sich ein behaartes Bein über den Rand der Kniescheibe. Die Spinne schob sich in mein Blickfeld. Ihre schrecklichen Kieferzangen schnappten auf und zu, als sie sich auf mich zu bewegte – langsam, beinahe gemächlich, als genieße sie jeden Moment. Ich erstarrte vor Angst.

Doch ich hatte einen Plan! Als die Spinne zum Sprung ansetzte, bückte ich mich unvermittelt und biss dem Mann mit aller Kraft in das Bein. Ich dachte, Folgendes würde geschehen: Der Biss würde den Mann wecken; er würde an seinem Bein herabsehen, die Spinne entdecken und sie mit seiner Zeitung erschlagen. Platsch! Währenddessen würde ich mich mit einem Sprung in Sicherheit bringen.

Ein guter Plan, oder? Es gab da nur ein kleines Problem: Der Stoff der Hose war zu dick. Ich konnte mich nicht bis auf die Haut durchbeißen. Deshalb wachte der Mann nicht auf. In meinem Kopf bildeten sich zwei Worte: GROSSER und ÄRGER.

Die Spinne turnte auf mich zu. Ich wusste, dass ich mit einem einzelnen Flügel nicht fliegen konnte. Sie kam näher. Ich spürte, wie ein leichter Windhauch über meinen Körper strich.

Das war es! Ich konnte vielleicht nicht richtig fliegen, aber ich konnte mich gleiten lassen! Ich wich der näher kommenden Spinne nach rechts aus. Im letzten Moment warf ich mich in die Luft, breitete meinen verbliebenen Flügel aus und hoffte, der Windhauch sei noch nicht erstorben. Er war es nicht. Er hob mich dicht über den Kopf der wutentbrannten Spinne. Der einzelne Flügel machte es unmöglich, geradeaus zu fliegen, doch damit hatte ich gerechnet und mich deshalb zur Seite fallen lassen. In einer Spirale glitt ich auf dem Wind nach unten und landete auf dem zweiten Schuh des Mannes.

Ich verschwendete keine Sekunde. Die Spinne musste sich bereits auf dem schnellsten Weg nach unten befinden. Ich huschte den Schuh hinauf, krabbelte über das faltenwerfende Gewebe einer Socke und biss den Mann mit aller Kraft in das nackte Bein. Dann ließ ich mich zur Seite abrollen und einfach nach unten fallen. Wie ein Stein prallte ich auf dem Rasen auf. Was auch immer jetzt geschehen würde, entzog sich meiner Kontrolle.

Die folgenden Ereignisse sind in meiner Erinnerung seltsam verwischt. Ich hörte den Mann aufschreien, ein lautes WÄHHH!, als er erwachte und die riesige Spinne auf seinem Bein entdeckte. Ich sah die Spinne zu Boden stürzen, als der Mann aufsprang. Ich vernahm das Geräusch, als der Mann die Spinne unter dem Absatz eines seiner mit Eisenkappen verstärkten Arbeitsschuhe zertrat: SCHMACK!!!!

Ich kann euch sagen – es war das schönste Geräusch, das ich je gehört habe.

Was danach geschah

Einige Tage später wurde ich ins Ameisennest eingeladen. *Eingeladen* – das gefiel mir eine ganze Ecke besser, als dorthin befohlen zu werden.

Als ich in der königlichen Kammer eintraf, erkannte ich den Raum kaum wieder. Die Ameisen hatten eifrig gearbeitet. Niemand wäre darauf gekommen, dass dies der Schauplatz eines blutigen Kampfes gewesen war. Der Raum barst vor Ameisen, Reihe um Reihe standen sie hintereinander. Sie warteten darauf, dass ihre Königin das Wort ergriff.

»Die Ordnung wurde wiederhergestellt«, verkündete die Königin. »Das Nest ist wieder Eins ... Hiermit ordne ich an, dass Krags Helfershelfer nicht bestraft werden. Sie führten nur Befehle aus, wie es der Natur der Ameisen entspricht.«

»Dann ist alles wieder beim Alten?«, fragte ich.

Nachdem sie eine Weile geschwiegen hatte, sprach die Königin weiter.

»Ich bin alt. Doch nicht zu alt, um nicht dazuzulernen. Und in den vergangenen Tagen habe ich viel gelernt.« Ihr Blick ruhte auf den versammelten Ameisen. »Der plötzliche Ausbruch individualistischer Interessen ist nicht nur auf das chemische Spray des Mannes zurückzuführen. Er kam *aus unserem Inneren*. Krags Machthunger hat das Nest beinahe vernichtet. Aber ...«

Ich nickte. »Was ist mit den Individualisten?«

»Die so genannten Individualisten haben, tapfer und in treuer Ergebenheit, Seite an Seite mit meinen Wachen gekämpft«, sagte sie. Ich konnte sehen, wie Leopold, der in vorderster Reihe stand, vor Stolz die Brust schwoll. Die Königin fuhr fort. »Doch viel wichtiger ist, dass sie uns gezeigt haben, dass Individualismus nicht unbedingt etwas Schlechtes ist. Es gibt sogar Zeiten, in denen er notwendig ist. Manchmal, so habe ich gelernt, muss man eigenständig denken, wenn man dem Nest dienen will. Wir sind Eins, doch dieses Eine besteht aus Vielen. Aus diesem Grund erlaube ich den Individualisten, ihre ... Aktivitäten ... fortzusetzen. Keiner kann wissen, was die Zukunft dem Nest bringen wird ... Doch gemeinsam werden wir einen Weg finden.«

Die Königin richtete ihre Aufmerksamkeit auf Clarissa. »Was Clarissa betrifft – sie hat unschätzbare Dienste geleistet und wird dafür angemessen belohnt werden.«

»Moment mal«, sagte ich. »Was für Dienste?«

Clarissa wandte sich mir zu. »Ich habe die ganze Zeit für die Königin gearbeitet«, sagte sie schlicht. »Alles, was ich dir im Netz gesagt habe, entsprach der Wahrheit. Alles, bis auf eines – nachdem ich Krags Unterhaltung mit den Wespen belauscht hatte, bin ich doch zum Nest gegangen und habe der Königin davon berichtet. Wir konnten nicht einschätzen, wie viele Truppen sich auf Krags Seite geschlagen hatten, also beschlossen wir zu warten. Wir wussten nicht einmal, ob wir *dir* vertrauen konnten.

Doch bevor ich mehr herausfinden konnte, fiel ich den Wespen in die Hände …«
Ich schüttelte den Kopf und lachte.
Die Königin lächelte mir höflich zu. »Angesichts Ihrer Verdienste, Mister Muldoon, wird Ihnen selbstverständlich die höchste aller Ehren zuteil. Ich werde Sie mit dem Orden des Nests auszeichnen und zur Ehrenameise ernennen.«
»Das ist wirklich toll, Eure Majestät«, antwortete ich, »aber ich muss leider ablehnen. Mein Dasein als einfacher alter Käfer reicht mir völlig aus.«
Die Königin respektierte meinen Wunsch mit einem würdevollen Nicken.

Das war alles, nehme ich an, obwohl die Geschichte natürlich nicht an dieser Stelle endete. Ich finde, keine Geschichte ist richtig zu Ende, wenn man nicht weiß, was aus ihren handelnden Personen geworden ist. Und deshalb …

* Leopold wurde eine hoch dotierte Stelle in der Verwaltung des Nests angeboten. Er lehnte ab. Das Letzte, was ich von ihm hörte, war, dass er versuchte, auf der Terrasse einen Workshop für improvisiertes Theater aufzuziehen. Ich darf

nicht vergessen, einen weiten Bogen darum zu machen.
* Clarissa wurde befördert, was sie aber nicht davon abhält, einmal pro Woche in Dixies Kneipe zu singen. Sie ist ein echter Renner. Wenn sie auftritt, gibt es in dem Laden nur noch Stehplätze.
* Und Jake? Der ist so glücklich wie ein Hundefloh im Fell eines Bernhardiners. Die Königin ordnete ein ganzes Bataillon dazu ab, einen Monat lang auf die Suche nach Süßwaren zu gehen, die pflichtbewusst bei Zucker-Jake, Stubenfliege und Held, abgeliefert werden.
* Wegen ihrer Rolle beim Entschlüsseln der Story wurde Wilma vom Nachrichtendienst zur Chefreporterin des Gartens ernannt. Sie sagt, die Sache würde ihr nicht zu Kopf steigen. Stimmt genau.
* Nachdem ihr Plan gescheitert war, befanden sich die Wespen eine Weile auf dem Kriegspfad. Man munkelte, ihre Königin sei jetzt noch verrückter als zuvor. Dann aber beging eine von ihnen den Fehler, den Enkel des Mannes aus dem Haus zu stechen, der zu Besuch war. Kurz darauf wurde beobachtet, wie der Mann aus der Garage kam, unter dem Arm einen Kanister

mit Wespenvernichtungsmittel. Der Wespenstock musste evakuiert werden; angeblich suchen die Wespen zurzeit nach einer neuen Bleibe, ein paar Gärten weiter. Niemand vermisst sie besonders.

Und was meine Wenigkeit angeht …
Nun ja, die ganze Aufregung legte sich ziemlich rasch und danach fühlte ich mich irgendwie leer. Ich wusste, dass der Frieden wieder hergestellt war, doch ich fragte mich, für wie lange. Wie lange würde es dauern, bis die nächsten machthungrigen Krabbler den Garten unter ihre Kontrolle bringen wollten? Wie lange, bis ich erneut bei jemandem auf der Speisekarte stand? Wir lebten in einer Welt voller hungriger Mäuler, und das hatte ich gründlich satt. Ich dachte daran, vielleicht auszusiedeln, mich anderswo niederzulassen. Vielleicht war es auf der Wiese *wirklich* nicht so schlecht.
Der Gedanke beschäftigte mich eine ganze Weile, doch noch gab es etwas, das mich hier hielt. Einige Wochen später war es soweit.
Ich fragte Wilma, ob sie Lust auf einen Spaziergang unten bei den Brennnesseln hatte. Sie willigte ein, wenn auch leicht verwirrt.

»Was sollen wir hier?«, fragte sie. Für einen Krabbler hält sich Wilma nicht besonders gern im Freien auf.
Es dauerte nicht lange, bis es begann. Ein winziges Zittern lief über den Saum der Puppe hinweg, in die Billy die Raupe sich verwandelt hatte. Ich lächelte. Über Wochen hinweg hatte ich sie im Auge behalten, um sicherzustellen, dass ihr nichts zustieß. Jetzt war es an der Zeit …
Ein haarfeiner Riss erschien. Er verlief über die gesamte Länge der Puppe und von Sekunde zu Sekunde wurde er weiter. Schließlich drängte sich ein Paar Fühler dazwischen hervor. Dann folgte ein Kopf – der Kopf des Schmetterlings, zu dem Billy geworden war. Er blinzelte in das stechende Licht der Nachmittagssonne und zwängte den Rest seines Körpers langsam nach draußen.
Anfangs sah er nicht besonders großartig aus, wie er dort auf einem Blatt saß. Seine Flügel waren klein und verschrumpelt, lahm hingen sie ihm zu den Seiten herab.
»Muss er so aussehen?«, flüsterte Wilma.
»Klar«, antwortete ich. »Er muss erst Blut in seine Adern pumpen, um die Flügel zu voller Größe zu entfalten.«

Noch während ich sprach, wurden die Flügel vor unseren Augen größer und größer.

»Er ist wunderschön«, hauchte Wilma. Ich erhob keine Einwände. Das war der Grund dafür, dass ich geblieben war.

Der Schmetterling, in den Billy sich verwandelt hatte, war atemberaubend. Seine Flügel waren ein Feuerwerk explodierender Farben – hauptsächlich Blutrot, durchzogen von samtenem Schwarz und mit kristallblauen Punkten gesprenkelt. Es war überwältigend. Er wandte seinen Kopf in unsere Richtung. Kein Wiedererkennen spiegelte sich in seinen Zügen. So ist das mit der Metamorphose – danach erinnert man sich an nichts mehr. Es ist wie eine zweite Geburt.

Der Schmetterling stellte seine Flügel waagrecht, um sie von der Wärme trocknen und erhärten zu lassen. Schließlich schlug er sie rasch auf und nieder und erhob sich in die Lüfte.

Als ich ihn davonflattern sah, erfüllte mich plötzlicher Stolz. Ich hatte dazu beigetragen, dass Billy die Raupe sich unbeschadet verwandeln konnte. Zu einem Teil war es mir zu verdanken, dass Wilma und ich nun zusehen konnten, wie dieses unendlich schöne Geschöpf davonflog.

Und das war der Moment, in dem ich mir sicher war. Ich musste im Garten bleiben. Ich hatte vielleicht nicht den besten aller Jobs, doch der Garten *brauchte* jemanden wie mich. Jemanden, der sein Bestes gab, um auf kleine Kerle wie Billy aufzupassen. Es war so einfach: In diese unkrautverwüsteten Blumenbeete gehörte ein aufrechter, ehrlicher Käfer. Ich gehörte hierher.

Ich wandte mich Wilma zu. »Ich bin hungrig«, sagte ich. »Lass uns etwas essen gehen …«

An dieser Stelle einige Worte über den Pillendreher: Er ernährt sich von Pferdemist, den er zu kleinen Bällchen zusammenrollt, bevor er sie auffrisst. Glücklicherweise bin ich *kein* Pillendreher.

Während wir zurückgingen, sagte Wilma: »Weißt du eigentlich, dass du mir nie erklärt hast, warum du ›Wanze‹ genannt wirst?«

»Wilma«, sagte ich, »das ist eine lange Geschichte. Lass uns in Dixies Bar gehen, uns zwei Hübschen. Ich denke, dort werde ich sie dir erzählen …«